神様のスイッチ

藤石波矢

イラスト｜Tamaki
デザイン｜bookwall

登場人物紹介

真中美夜子（まなかみやこ）(25)……居酒屋でバイトリーダーを務める。彼氏の蓮（れん）と同棲中だが将来には悩むことも。

鴻上優紀（こうがみゆき）(37)……正義感溢（あふ）れる機動捜査隊所属の女性警官。都内を警ら中にトラブルに巻き込まれる。

志田正好（しだまさよし）(34)……組に所属する売り出し中のやくざ。半グレ集団に拉致された若頭奪還を目論む。

畠山瑛隼（はたやまえいしゅん）(19)……青春恋愛ミステリーで小説家デビューしたが、恋には奥手な大学生。親友の恋人に横恋慕。

春日井充朗（かすがいみつろう）(24)……八方美人な若手サラリーマン。人間関係に深く踏み込むことや、争いごとは苦手。

神様のスイッチ

真中美夜子　17:05

ソファに寝転んで、わたしは小説のページをめくる。田河燕の『放課後は虹と消える』。ジャンルは恋愛ミステリー。

叙述トリックかな。帯の惹句には〝予想外の結末に温かい涙が流れる〟と書いてあるし。

「美夜子」

顔を上げる。蓮が洗濯物を畳み終えていた。

「見て」と言う。

堆く塔のように重ねたタオル。

「なぜ積んだ」

「積みたくなったから」

うちの洗濯機は五日前、わたしの一人暮らし時代から七年に亘る過重労働に対するストライキとばかりに排水をしなくなった。様子を見ようと一日目が過ぎ、蓮もわたしも仕事に追われた二日間が過ぎ、昨日はかねてから予定していたディズニーシーを満喫して一日が過ぎた。

放置した洗濯機の機嫌は直っておらず、というか機嫌の問題じゃないから直るわけがないのだけど、業者に修理を頼んだら即日は無理だと言われた。困ったわたしたちはたまった洗濯物をコインランドリーに持ちこんだ。今日はよく晴れたから、からりと乾いた。

　蓮が積んだタオルは絶妙なバランスで立っている。

「エッフェル塔」と蓮が言うので、「ピサの斜塔でしょ」と返す。

「それが言いたかった」

　笑って本を置き、ソファから立ち上がって、近づく。蓮は察知してタオルを両手で挟んで持ち上げる。わたしのつま先は宙を切った。

「なんで蹴(け)るの」

「蹴りたくなったから」

「蹴りたいタオル」蓮は意味なくつぶやいて立つ。「毎日タオル替えてるじゃない、俺ら。美夜子、一週間同じのってできる派？」

「一週間はさすがに。でも一人暮らしの時は三日四日同じの使ってた」

「マジで」

「マジさ」

「俺に合わせてた？」

「最初はそうだったけど、今やわたしも一日で替えないと嫌」

「美夜子の遺伝子組み換えちゃった」

蓮はアコーディオンみたいにタオルを抱えてリビングを出ていこうとして、足を止めた。

「犯人わかった?」顎でソファの文庫本を指す。「主人公の宝物を盗んだ犯人」

「まだ。予想外のどんでん返しがあるみたいだから」どんでん返し、を表現するために掌を返しながら言う。「この本は書店の『注目の本コーナー』に並んでいたんだけどね、〝泣ける結末〟とか〝ラストに涙が溢れる〟とか煽られてる本が多すぎだよね。これなんて涙の温度まで決めてくるし」

帯の〝温かい涙〟を指でさす。大した読書量でもないくせにわたしは知ったようなことを言う。

「じゃあ俺が小説を書くなら、最後まで泣けません、ていうタイトルにしよう」

「タイトルにしちゃうんだ?」

答える代わりにどや顔を決めた蓮が出ていく。わたしは充電していたスマホを引き抜いて時刻を見る。ぼちぼち家を出ないと。

蓮の後を追って洗面所に入る。鏡で髪型、今朝施したメイクを確認した。落ちてはいない。でも連勤がたたってか、うっすらクマができている。コンシーラーを塗る。

「二十歳前だったらへっちゃらだったのに」

タオルを所定の場所に置き、ん？　と蓮が振り返る。鏡の中で目を合わせる。

「疲れた顔してるなぁわたし、っていう、二十五歳居酒屋バイトリーダーのぼやき」

「やっぱりその髪色、すごくいいよ」

午前中に、わたしは髪色を赤に染めた。インナーカラーだ。鏡の中で自分の顔の頬が緩む。続いて、唇を突き出して仏頂面を作る。

「そういうリップサービスは大丈夫ですよ～」

「リップサービスじゃないよ」と、鏡の中で蓮がくしゃっと笑う。わたしは見つめる。

蓮が何か言い返そうとした。振り返って、わたしに言葉を返す前の唇にキスをする。

「リップサービス返し」

と言うと、蓮が笑う。

洗面所を出て、リビングに戻る。バッグに文庫本をしまい、代わりに煙草を取り出す。

蓮が戻ってきて、一瞥した。

「すいません、吸います」

おかしな断り文句に、蓮がどうぞと頷く。いつしか蓮とのルールになった。蓮は煙草が嫌いだけど、わたしが煙草を吸う姿は色っぽくて好きだという。「リップサービス」かもしれないけど、疑う必要のないことは疑わない。

ベランダに直行する。シャツを取り込み、煙草を咥える。密かに吸う量を減らしていることに蓮は気づいているだろうか。気になるけど訊かない。「気づいている」と言われたら安心して、わたしの禁煙に向かう努力は無に帰するだろうから。

バージニアエスに、ジッポライターで火をつける。ジッポは艶消しのネイビーカラー。掌に吸い付くような感触。煙草をやめても、このライターは手放せない気がする。

「今夜は何時までだっけ」

窓に寄ってきた蓮が言う。

「ちょっと早い。十時。でも寝てていいよ」

わたしのバイト先の居酒屋『腹くちい』は十二時まで営業する。最近は閉店までの勤務が続いていた。「起きてるよ」と蓮が言う。

わたしが首を横に振ると、吐き出す煙はゆらゆらと夕暮れ空に上っていく。蓮はわたしのジッポライターを手に取り、蓋を開け閉めする。最近のブーム。感触と金属音が新鮮で心地いいのだという。三十年生きていてもジッポを手にしない、非喫煙者の人生を知った。肺も過去もわたしみたいに汚れていない。

おもちゃを与えられた子どものようにくり返してから、蓮はジッポライターをわたしに返す。満足げに室内に戻る。ジッポライターは人にもらったと蓮に言っているけど、厳密には嘘だ。ペアで一つずつ買ったのだ。ユウと。蓮に対する数少ない嘘。

発泡酒の空き缶で作った灰皿に吸殻を捨てる。ぼんやりと、ユウのことを思い出していたら、長く吸いすぎてしまった。時間ぎりぎりだ。蓮に「いってきます」を渡し、「いってらっしゃい」をもらい、飛び出す。

わたしたちの部屋は二階。階段に行くと、先に下りていく背中があった。隣人の、かさねちゃんだ。今年の春に引っ越してきた大学生。引っ越しの日、律儀に挨拶をしに来た。かさねちゃんは壁に手を当て、ゆっくりと階下に下りていく。中ほどで後ろのわたしに気づいたようだ。

「こんにちは」

「あっ、こんにちは。美夜子さん」

視線はわたしの顔を微妙に外れる。かさねちゃんは目が不自由だ。

「こんにちは」と返すと、間が開いた。かさねちゃんは無言で階段を下りていく。手を貸すべきだったか、とすぐに悔やむ。蓮ならとっさの気遣いができていただろう。

方向は同じ、中井駅だったかもしれないけど、遅刻しそうなわたしはかさねちゃんを追い越して先に走っていく。

畠山瑛隼　18：45

新宿マルイに入っているスターバックスで、僕はフラペチーノを飲んでいた。新宿駅近くに点在するスターバックスの中では比較的穴場だけど、夜の時間帯でも空席は数えるほどしかない。

僕が大学生になってできるようになったことの一つに、「スターバックスに入ること」がある。高校時代は僕なんかが入ったらお洒落な空気を汚してしまいそうな気がしたし、何より注文の仕方がちんぷんかんぷんだった。秘密の暗号みたいな言葉を覚えないと商品が買えないうえ、店員のお姉さんに嘲笑われるという先入観があった。友達と一緒なら大丈夫だったかもしれないけど、いかんせん僕には一緒に学校外で会うような友達がいなかった。

大学で和寿と仲良くなってすぐ、和寿がナチュラルに「スタバに行こう」と言ってきた。スタバね、楽勝だよ、という雰囲気を醸し出し、背中に汗をかきながら初入店した。和寿が「ホットコーヒー」と言った時は拍子抜けした。拍子と一緒に肩の力も抜けた。それだけでいいんだ、と知った僕は一工夫して「アイスコーヒー」と胸を張ったものだ。あれから半年経つ。今ではフラペチーノも難なく頼める。

その和寿は、僕の座るカウンター席の背後、二人席に座っている。僕がここにいることなんて気づかずに。僕は気配を殺している。キャップを被り、新品のシャツを着てマイルドに変装している。

今夜の和寿はため息交じりで、向かいに座る花紗音に対して語調は刻一刻と荒っぽくなっている気がする。

「俺がフラれるって意味がわかんなくね？　いや、別に別れ話はいいけどさ、『大事にされてないから』って理由おかしくない？　納得できないし。理不尽じゃね？」

　コーヒーにアルコールでも入ってるんじゃないか、という雰囲気で和寿がくだをまく。

「どこに行くにも気遣ってたのは俺じゃん。俺が文句言ったことなんてあった？　めっちゃ大事にしてたろ」

　僕はちら、と背後をふり返る。和寿は側頭部のツーブロックの髪を指で梳（す）いて続ける。

「花紗音の行きたいところはどこだって連れてったよな？　飯食う時だって超ゆっくりなペースに合わせたし。ふつうの彼女に対する以上にやさしくしてたじゃん。何が足りないんだよ？」

　僕はフラペチーノをゆっくり飲む。一時間近く経つのに、点滴みたいな速度で、まだ飲み終えないようにしている。

　一時間の和寿の不満とも嘆（なげ）きとも取れる饒舌（じょうぜつ）を分析するに、どうやら和寿は花紗音との別れ話に納得できないらしい。胸が痛んだ。ふつうの彼女、と口走ってしまったことの失態に和寿は気づいたんだろうか。さすがに言い過ぎたと思ったのか、和寿の口調がトーンダウンした。

「俺は、弱視っていうハンディキャップにとやかく言うことなんて……」

「和寿的には」

花紗音が数分ぶりに口を開いた。か細くて、僕の距離でどうにか拾える声だ。

「私とやり直したいってことだよね」

「やり直すっていうかさぁ」

「浮気を水に流せってことでしょう?」

「浮気じゃねぇって言ってんじゃん。またそこに戻るのかよ」

確かにその話になると、三十分前に戻る。花紗音は首を横に振った。

「許せないの。ごめん」

「いいか、花紗音」出来の悪い生徒に対するみたいな手振りで和寿が言う。「俺らは先月、距離を置こうって言ってたよな? 喧嘩が多くなってたから、一回頭を冷やす意味で俺は提案したんだ。その間はお互いフリーだろ。息抜きしたっていいし。っていうか俺がバイト先の子とそういうふうになったのも、頭を冷やす一環だったんだよ」

三十分前も思ったのだけど、アクロバティックなすごい論法だ。もっとも彼女なんてできたことない僕にはぴんとこないけど、世の中ではふつうなんだろうか。

花紗音は納得できない、と再度首を横に振る。

「もう和寿の気持ちは私から離れてるんだよ。もういいよ」

花紗音は顔を手で覆った。和寿は周りに視線を配った。僕は慌てて顔を正面に戻した。

泣くなよ、という億劫そうな抑えた声がする。花紗音の嗚咽がクレッシェンドのように大きくなるのに合わせて、和寿の口からわかったから、という声が転がり出る。

「わかって、くれた？」花紗音が湿った声で言う。「ありがとう。ごめんね。和寿の理想の彼女になれなくて。ごめん……」

今度はデクレッシェンドだ。

「あのさ……」和寿の声は苛立っていた。「とりあえずバイトの時間だから行くけど、まだ終わってないかんな？　この話」

和寿が席を立つ気配がした。僕は背中を丸める。やがて退店する和寿が見えて、ほっと息を吐く。振り返ると花紗音は肩を落としていた。ロングヘアを束ねたポニーテールが傾いている。

僕はゆっくり席を立つ。フラペチーノのカップを持って恐る恐る近づくと花紗音が顔を上げる。

「畠山くん？」

「うん、僕」

と言って被っていたキャップを外す。今の今まで和寿が座っていた温さの残る席に腰を下ろす。花紗音の目線は僕の顔から微妙にずれている。花紗音の目は、「弱視」とか「ロービジョン」というらしい。眼鏡をかけても生活が困難なほどに低い視力のことだ。花紗音に出会うまで知らなかったし、知ろうともしなかった。

「あはは、そんな怖い顔しないでよ……」

まだ涙声のまま、花紗音が言う。僕は焦って自分の顔を叩いた。

「し、してないよ。怖い顔はもとからだから」

目つきの悪さや眉間にしわを寄せてしまう癖は直らない。ふっと、花紗音の口元に明かりが灯り、目を細めてぐっと僕の顔に近づけた。

「自虐かよ～。畠山くんの顔は見ようによってはアザラシみたいでかわいいから大丈夫」

「かっ、かわいくない！」僕は身を反らしフラペチーノを飲み干した。「っていうか、やっぱり泣いたふりしてたの？」

「騙された？　まぁ畠山くんは騙されるか」

勝手に完結されてむっとなる。でも事実なので言い返せない。

「落ち込まないでよ、和寿を騙すつもりでやったから、我ながらレベルは高めだったから」

「フォローになってない！」

「ところで何その服、渋い大人かっ」

噴き出されて、僕はカッと顔が熱くなる。和寿のすぐ近くで盗み聞きするのだからと、ふだんのTシャツ一辺倒の僕らしくない服を着なきゃと考えた。悩んだ挙句、シックで大人っぽい、黒のボタンダウンのシャツを買ったのだ。

「変装っていうか。だって……別に変じゃないだろ！」

「それにしても和寿はプライドが高いなぁ」

僕の苦情を軽やかにスルーして、花紗音はカプチーノに口をつけた。

「ふだんはいい奴だけど」

反射的に和寿を庇う発言をしてしまい、フラペチーノでごまかそうとする。でもカップの中身は空だった。

和寿という奴はいつも明るく社交性に富んでいる。僕は彼のおかげで大学生活を充実させられていると言っても過言じゃない。一人じゃファストフードや学食以外の飲食店を開拓することもできなかっただろうし、休日は一人だったはずだ。

ただ和寿はさっぱりとした性格の反面、実は自尊心が強いし、嫌いなものははっきり嫌いだ。たとえば嫌いなトマトが入っている料理は絶対に食べないし、一度でも納得できない注意をされたらその教授の授業には出なくなる。

同じように「花紗音にフラれる自分」というものを、和寿は許さないんだろう。

「ふだんいい奴なのは知ってる。彼氏としてもいい奴。相手が私みたいなのじゃなかったら」

「えっ」

花紗音は立ち上がった。傍らに置いてあった白杖を手に取る。僕も腰を浮かせる。でも、どうしたらいいのだろう。

——和寿と別れ話をするから。こっそり近くにいて。で、私がダメージを受けてたら慰めて。

そんなわけのわからない頼みを引き受けた自分が悪いのだけど。僕の見る限り、花紗音はダメージを受けていない。泣いたふりをしていただけで。

「何してるの」

中腰状態でうだうだ考えていた僕に花紗音が言う。

「行こうよ」

「えっと、どこに？」

「そうね。カラオケかな」

そう言って歩き出す。

「カップ、持つよ」

僕は手を出したけど、「いい」と下げ台に向かった。僕も並んでフラペチーノの空きカップを捨てる。

「今日、和寿のバイト、和寿の浮気相手もシフトに入ってるのかな」

楽しそうに花紗音が囁いた。

和寿に、前に聞いていた。花紗音と距離を置いていた時期に関係を持ったのはバイト先の、年上の女の子。「ワンナイトラブ的な空気を醸し出してた」相手らしい。

「どうでもいいよ。チャラい奴らのことは」

つい尖った口調になる。自分が堅いのかわからないけど、そういう関係は嫌悪感を抱いてしまう。僕の物言いに花紗音が笑った。

「真面目だね、小説家くん」

「ちょっと、言うなって」

周りに知り合いもいないのに無駄に焦る僕を置いて、ワンピースはふわりと踵を返した。

志田正好　18：50

一仕事終えて土手に近い空き地に戻ってきた。ほど近い距離にかかる橋を走るスカイツリーラインの走行音が響く。荒川の向こう側に見える首都高には、おびただしい車の群れが泳ぐ。

川の向こうで淡々と流れるヘッドライトのコンベアーに視線を向け、乱れた息を整えた。呼吸は落ち着いても気分までは無理だった。

想定していなかった忌々しい事態だった。頭は煮えたぎるでもなく、思考を放棄するかのごとく、目前の川の黒い水面のように静まり返っている。

空き地にはＢＭＷが停まっている。ＢＭＷの前に立つ喜多村が俺を見て言った。

「回収班がもうすぐ着く」

頷き、ＢＭＷに歩み寄る。俺より三つ下の三十一歳だが、組織歴は長い男だ。

「親父はどうだ？」

「こっちに向かっている」

頷いてから俺は手に持った赤い帽子を掲げた。サンタクロースが被るような、円錐型の頂部に毛玉飾りがついたナイトキャップだ。

「周囲を捜索したが、犯人の遺留物はこれだけだ」

クソ、と毒づく喜多村が運転席に目を落とした。先ほど俺が毛布を被せた死体がそこにある。絶命しているのは暴力団名取会の組員で俺や喜多村の弟分、中西だった。

喉を切り裂かれているのが致命傷だ。腹にも深い刺し傷があり、シートには血だまりができていた。幸か不幸か、俺たちが駆けつけるまで約二十分、だれにも発見されなかった。

「こいつ、女ができたって喜んでたのによ」

喜多村の口調にはやるせなさが滲む。中西の恋人のことは知っていた。俺は黙していた。

中西には死後つけられたらしき傷があった。額から脳天にかけて、スイカに包丁を入れたような一筋だ。俺が持っている赤い帽子はその頭に深々と被せられていた。

もともと赤い布が、傷から溢れる血で濃く染め上げられていた。

「レッドキャップ」

俺がつぶやくと、喜多村が血走った目を上げた。叫びたい衝動を奥歯で殺し、低い声音を作る。

「とにかく時間との勝負になる」

「運搬はおまえと鴨さんだろうと」

俺は死体から離れて歩き始めた。やくざの組員としてやるべきことを冷静に思い描く。不透明だった。

今夜が長い夜になることだけは、確信できた。

荒川の遺体発見現場から車で十分。名取会の南千住事務所に俺が駆けつけたのは十九時十五分だった。事務所はオフィスビルの二フロアで、一見して一般企業のオフィスと変わらぬ外見である。だが招集をかけられ続々と会議室に集まる面々は、堅気では決してありえない殺気を纏っていた。

俺が到着して五分ほどで、麻のスーツを着こんだ白髪の男が駆けつけた。

「お疲れ様です」

集っていた男たちが声を揃え、頭を下げる。無論俺も倣う。

名取会会長の名取雄造だ。六十歳とは思えない若々しさと胆力に溢れる男だったが、今夜は顔を土気色に変えている。

幹部級、俺のような平の組員合わせて十数名が集まっていた。

「竹脇」

名取が重厚な声で言った。

「はい」と竹脇が進み出る。作り物のような頬の古傷とオールバックが特徴の名取会舎弟頭。冷静沈着で、名取の信頼も厚い男だった。

「双海の様子は」

「意識は戻りました。傷は浅いが、数が多すぎる」

双海は中西のほど近くに倒れているのを発見された組員だ。茶木の拉致を組員たちに知らせたのは双海だった。

竹脇の言うとおり体中に切創をつけられ、発見された時は血だるまだった。

「中西は?」

「ひとまず日暮里に」

中西の死体は回収班によって名取会所有の施設に運ばれた。明らかな他殺体を警察に届けることはできないからだ。日暮里には組のなじみの医者がいる。死亡診断書をでっちあげ、密葬する段取りになるだろう。

「聞け」

腹に轟く声が名取から上がる。

「皆、承知のことだろうが、今夜起きたことを、俺の口から話す」

名取は会議室のテーブルに拳を打ちおろす。

「茶木が拉致された」

暗い波動が会議室を突く。

茶木倫行。名取会の若頭だ。双海と殺された中西はその配下だった。

今夜起きているのは、名取会若頭の拉致という異常事態だった。

「中西は殺された。やったのは……」

名取は見開いた目を俺のほうに向けた。俺はビニール袋に入れた血まみれの帽子を持ったままだった。

「赤帽子のクソ野郎どもだ」

「レッドキャップ……」

俺の隣でつぶやいたのは、古参の鴨居だ。シャープな輪郭の顔に、垂れたまなじりが特徴の持ち主だが、一言で表せば人相は悪い。今は額に青筋を浮かべている。

「一時間前、俺のもとに動画が送られてきた。見ろ」

名取がスマートフォンをテーブルに叩きつける。若い部下たちがピンボールのような動きでスマホを機材にセットし、スクリーンに動画が投影された。

俺は事前に転送されたのを見たが、大きな画面で今一度視認した。

映されているのは打ちっぱなしのコンクリートに囲まれた場所だった。開いた両腕を鎖でつながれたスーツの男が立っている。鎖の両端は見切れていたが、天井の梁にでも取り付けてあるのだろう。血に濡れた顔は、茶木に間違いなかった。

一見ホストのように見える優男だ。しかし名取会のシノギの柱である闇カジノを仕切り、政財界や芸能界、スポーツ界の大物とのパイプを作る敏腕のやくざだった。茶木の働きで名取会が得た資金と後ろ盾は強固なものであり、名取会の後継者として確固たる地位を固めている。

「若頭……」鴨居が唸る。茶木は顔の他、腕やシャツの腹の辺りも真っ赤に染めていた。

カメラは数秒、苦しむ茶木を舐め回すように撮る。茶木は意識があるようだったが、目を開けているのもつらそうだった。

唐突に画面はブラックアウトする。白い、ゴシック体の簡素なフォントの文章が現れる。背景には優雅なクラシックピアノが流れ出す。エルガーの『愛の挨拶』だ。

〈親愛なる名取会の皆さま。ごきげんよう。レッドキャップです。あなたたちの大切な若頭の命は、我々の手中にあります。彼を救いたければ、我々の指示に従ってください。今夜十時までに用意していただきたいものがあります〉

無意味な丁寧語が神経を逆なでする。

〈ずばり、名取会所有の覚せい剤、二十キロ。大人しく差し出していただければ、人質と交換いたします〉

優雅なメロディーは会議室にいる全員の殺気と焦燥をかき回して響く。

〈品物をバックパックに入れ、今夜十時に、添付の地図の場所に持ってきてください。妙な真似をすれば若頭の首が飛びます。ではベストな選択を〉

動画が終わる。会議室に息が苦しくなるほどの沈黙が落ちる。

レッドキャップは東京で暗躍する新興勢力だった。警戒はしていたが、こんなやり方で戦争を仕掛けてくるとだれが予想できただろうか。組織のナンバー2を捕らえて、覚せい剤を要求するなどというのは前代未聞だ。

「でかい喧嘩を売ってきたもんだ」

厳かに名取が言った。平素から無駄を嫌う名取の言葉は閉塞感に満ちた男たちにとっては頼もしく、シンプルだった。

「野郎ども、難しく考えるな。俺たちのやることは一つだ。茶木を取り返し、調子こいた奴らをぶっ殺す。いいな！」

オオオォッと、雄叫（おたけ）びが響く。俺もその一つを担（にな）いながら、場違いに、脳内に幼（おさな）い頃の記憶を再生していた。

鬨（とき）の声。続く群衆の声援。故郷の山を背にした校庭。またこの景色かと呆（あき）れる。

中学時代の運動会。三学年混合のリレーだ。各学年から選ばれた代表がチームになって行う。俊足自慢の晴れ舞台。

だれより速く。俺は走っている。コースに沿って立てられた赤いパイロンは、正しく辿（たど）ればゴールに着くという道しるべだ。

蹴り上げる砂が脹脛（ふくらはぎ）にぱちぱちと当たる。前方に走者はいない。しかしひりひりするほどの気配が、息遣いがすぐ背後に迫っていた。

いよいよアンカーです！

フライング気味な放送委員の実況。

俺は握りしめた緑色のバトンを突き出す。

一学年上の、三年生のアンカーに。色黒の手ががっちりとバトンを受け取った。

自分がバトンを手渡したアンカーは一位でゴールテープを切った。俺は雄叫びを上げた。仲間と観客の歓声に包まれる。リレーが全競技の最後で、その瞬間に俺たちの色の組の優勝が決まった。ただ、走っただけのことで、世界で一番の幸せを得たような気になった。正しく走れた、と俺は胸を張った。正しく走れなくなって久しい。

「兎（うさぎ）！」

名取の声で、脳内再生されていた記憶を払いのけ、「はい！」と応じる。兎、というのは名取会の中でつけられた俺のあだ名だ。

「鴨とおまえで運搬役を頼む」

「承知しました」

体に走る震えを武者震いに変換する。名取の眼光を正面から受け止めた。鴨居が隣に立ち、すでに顔を紅潮させている。

「時間がねぇ。ブツを取りに急げ」

名取会の商品である、大量の覚せい剤が積まれた倉庫は、平和島（へいわじま）にあった。鴨居が似つかわしくない腕時計に目を落とす。最近茶木にもらったと喜んでいたロレックスだ。

俺が倉庫のことを知らされたのはつい三日前のことだ。今夜行くことになるとは、ひどく皮肉なものだった。

「喜多村、車出せ。兎行くぞ」

鴨居の怒鳴（どな）り声が響く。

鴻上優紀　19：00

私と飯島玲奈が駆け寄る場所には、怒鳴り声が飛んでいた。鼓膜に飛び込む罵詈雑言はミサイルのように体内を破壊する。私は胸ポケットに掌を当ててから踏み出した。

秋葉原駅から徒歩五、六分、万世橋近くの雑居ビル前。怒鳴り散らしているのは私とそう歳の変わらない三十代後半から四十前後の女性。それに対しカタコトの日本語は眼鏡の若い男から、その彼女に向けてたどたどしく発せられていた。

周囲には応援要請をしてきた制服警官たちと、通報者の若者グループがいる。

「だいぶ火照ってますね、あの女」

横を歩く飯島がつぶやく。身長こそ私と変わらず、女性警官にしては低いほうだ。が、柔道四段、剣道二段の肩幅と腕は私よりよほどたくましい。

口論のただなかに近づくと、ラガーマン体型の制服警官が「ご苦労様です。森島です」と近づいてくる。「鴻上です」名乗る私たちを見て、一瞬顔をしかめたのを見逃さなかった。

「あっ、森島先輩」飯島が手を挙げてから私を見る。「所轄でお世話になりました」

「ああ、飯島か。そうか、機捜にいるんだな」

森島が親しげな笑みを浮かべてから、先に歩いていく。その背を見ながら飯島が耳打ちする。

「けっこうむかつく先輩です」

「無駄口叩かない」

ため息に乗せて言い、私は森島に近づく。

応援要請を受けてからは五分と経っていないが、五分あれば状況はいくらでも動く。

「通行人から酔っ払いのゴタの通報があり臨場。身体検査したところあの眼鏡の韓国人のリュックから覚せい剤が出てきまして」

日本国内で流通するアッパー系の薬物では、覚せい剤が圧倒的多数だ。

「主任は見慣れていますよね?」

快活に飯島が目線を向けてくるのを無視した。私は機動捜査隊に配属前は組織犯罪対策部にいた。薬物事案には何度も関わっている。

「それで」

部下を無視して森島に訊ねる。

「ところが彼は自分のものじゃないと言い張り尿検査にも応じない」

飯島に頼んだ、と目で頷く。飯島は韓国人の男に近づき、韓国語で話しかけた。機動捜査隊に配属されて約半年の飯島は韓国語が堪能だった。

私は日本人の女に近づき、失礼します、と身分証を提示した。

女が私を侮蔑するような目で見た。内心で私はため息をついた。

「警視庁機動捜査隊の鴻上です」

「はぁ？　私たちがデモ隊に見える？」

なかなかの剣幕だ。

「機動隊ではなく、機動捜査隊です。二十四時間交代で、町を警らしている部署です」

冷静な声音で言うと、女が鼻白んだ。

「知らないわよ」

「テレビでたまに取り上げられます。列島二十四時、とか」少し口角を上げる。「制服のお巡りさんに答えていただいているとは思いますが、もう一度お名前を」

「木下成実。いい加減、あの男を逮捕してよ」

成実は化粧は濃いが、特別派手な出で立ちでもない。私は目を細めた。

「もう一度お話してもらえますか」

静かに、だが相手がはっきり聞き取れる声量で私は質問を重ねる。成実は錦糸町で飲食店を経営している、今日は定休日で飲み歩いていた、と言う。注意深く表情を観察した。

「飲み屋、なんというお店ですか」

成実は言下に首を振る。

「覚えてない。歩いてたら私が触られそうになった。女性ならわかってくれるわよね」

「違う！　違います」

飯島に宥められていた眼鏡の男が叫ぶ。

「わたしが、ぶつけられました。眼鏡が落ちた。何も言わずに行こうとしたから……」

私は彼に向き直った。

「カン・ウジンさんです。居酒屋のバイトに向かう途中だったそうで」

飯島が言った。

「カンさん、あなたが先に手を出したんですか」

「違います。肩や、リュックをたたかれました！」

「嘘だ！　早く逮捕して。覚せい剤持ってるんでしょう？」

成実が耳にキンキン響く声で叫ぶ。

「失礼ですが、一一〇番通報したのは、あちらの通行人のほうですね」

遠巻きにいる通報者たちを手で指す。

「それがどうしたって言うの？　通報しなきゃ被害者になれないって法律があるの？」

「カンさん、リュックを叩かれたのはあの人たちが通報する前？　後？」

首を傾げたカンに飯島が通訳し、カンが素早く答えた。

「肩を突かれたのは通報の前、リュックは後だそうです」

飯島が成実を見ながら言った。

「はぁ？　嘘つかないで」

成実が眼前で叫び、唾が頬に当たる。

「嘘をついたのはあなたではないでしょうか。出てきたばかりの居酒屋の名前を覚えていない、というのは不自然です」

凄味を効かせて私は言った。

「話にならねぇよ！　外人の味方すんな！」

成実の口調は一気に荒々しくなる。私は無視して続ける。

「では、名前を覚えていないという居酒屋までご案内いただけますか。付き添いますので」

「行ってどうするの」

「防犯カメラの確認をします。木下さんが映っていれば問題ありません。ご協力……」

成実の腕がしなる枝のように視界に入った。私は腰を屈め、放たれた拳を掌で払いのけた。バチン、という音と熱が手先に走る。

さっと距離を詰めた飯島が成実の腕を決めて地面に組み伏せた。成実から悲鳴と怒声の混ざった奇声が上がる。

「十九時七分。公務執行妨害の現行犯」

鋭い声で言った飯島は成実を森島たちに引き渡した。

「尿検査はこの人ですね。警官が来ると知り、とっさに証拠品をカンさんに押しつけた、と」

飯島は憤慨していた。薬物事犯に対し、飯島はとくに強い嫌悪感を持っている。

森島が愛想笑いで私と飯島に頭を下げた。

「最初から、木下のほうを疑ってましたね。まずは韓国人を疑うと思いましたが。やはり女の敵は女というか、嘘が見抜けるんですか?」

飯島は不快そうな表情を隠さなかった。私は無表情に森島を見返した。

「一ヵ月前、秋葉原でチンピラが男女二人組に重傷を負わされた傷害事件。女性の被疑者だけ防犯カメラに映っていました。木下成実だと思います」

「ミアタリ捜査の名手なんです、主任は」

飯島が割り込んで言った。ミアタリ捜査とは膨大な指名手配犯の顔を記憶し、町中で見つけ出す捜査手法のことだ。

森島は連行される木下成美を振り返り、口を半開きにして顔を戻した。

「本当ですか」

「おそらくは」

そうです、と続けようとした私を遮り、飯島が言った。

「自分たちの敵は国籍性別問わず犯罪者である、という認識をお持ちでしたら森島さん、裏を取っていただけますか」

森島が顔を引きつらせる。私はため息を殺すために手で口元を押さえた。飯島はとっとと踵を返して歩き出す。その方向にカン・ウジンが見えた。彼にとって、東京は嫌いな街になってしまうかもしれないな、と思った。

春日井充朗　19:18

浜松町駅から徒歩五分。メニューの豊富さが売りの居酒屋『腹くちい』は、ガヤガヤ騒がしい。

細長い座敷席の三つの島を、おれたち株式会社オーサムフーズの社員たちが占領している。オーサムフーズは主に輸入食品、自社開発の健康フーズの通信販売を行う企業だ。新卒で入社して三年目。今は事業開発部に所属している。

今夜は、秋の懇親会、という名目で開催された飲み会だった。幹事は月見会とメールに書いていたが、月見の要素はない。

おれは周囲の会話に適度な相槌を打っていた。酒が飲めないのでウーロン茶をちびちび飲みながら。アルコールなんて不穏な物質を入れなくてもおれは場に合わせて盛り上がることができる。今は休日の過ごし方、という王道の話題だ。

「春日井くんは趣味とか、なんだっけ？」

皿でいっぱいになったテーブルから大皿を下げてもらおうと、サラダや揚げ物を取り分けていると、石渡さんに水を向けられた。

「バイク持ってるんで、休みの日にたまーに近場を走ったりします」

少しだけアクティブ。この回答ならしらけないし、ほどよく広がる。

「そうだった、前に聞いたわ」

角ばった顔に灰色の髪が似合う石渡さんは手を打った。五十近いが、健康的で締まった体つきをしている。顔は紅潮しているが、酔いながらもトークを仕切るのが上手い。

「なんていうのに乗ってんの？」

「バリオスっていう……250ccなんですけど」

「バリオス。どういうバイクですかぁ？」

石渡さんの横に座る、一年目の社員、内田くんが言う。ふだんはキリリと真面目な新人なのだが、酒を飲むとふやけて、馴れ馴れしさが増してくるのが持ち味だ。

「そりゃもう男らしいバイクだよ」

真面目くさった顔を作っておれは言う。

「そうなんですか」

「バリバリの雄、って感じするでしょ」

「えっ」

内田くんが固まる。周囲も静まる。

「今のは春日井くん責任取らないとだめだよ」

予想どおりつっこんでくれたのは石渡さんだった。おれは大げさに笑って「え、春日井さんそういう人ですか」と目を白黒させる内田くんに向け、スマホで愛車の画像を表示した。社会人一年目に、数少ない贅沢をして買ったバイクだ。

「あ、ふつうにかっこいいですね」

「ふつうとはなんだ、内田くん」

「現物見てみたいな」と次にスマホを手渡した石渡さんが言い、「ぜひ見に来てください」とおれは愛想笑いする。

ずっと欲しいものを我慢してきた人生だった。一人でおれを育ててくれた母に無理をさせたくなかったから。

幼い頃に俺たちを捨てた父は死んだものと思っていた。

金銭面で母が苦労を見せたことは一度もなかった。高校にも大学にも行かせてくれた。だからおれは母にできるだけ負担をかけたくなかった。

大学の入学金も、おれは半分以上自分で貯めた。母は奨学金を使おうと考えていたそうだが、日本の奨学金制度は要するに借金でしかない。社会人になって経済的自立が妨げられる火種は、残したくなかったのだ。四年間はバイトと勉学に勤しんだ。親しい友人よりも将来の安定がほしかった。

そうして入社したオーサムフーズは、大手ではないが優良企業だと思う。社内の風通しはいいし、少なくともおれが知る限りハラスメントもない。

かっこいいバイクっすね〜、内田くんが言って、周囲からも似たようなコメントが上がる。

「俺、若い頃はベスパ乗ってたんだけどさ」

「ベスパですか」

頷く石渡さんのグラスが残り少なかった。

ビールのピッチャーを手にしたおれを止めて、石渡さんはメニューを手に取る。眺めながら言った。

「カミさんと俺、揃って『ローマの休日』が好きで。ＤＶＤも持っててさ。知ってる？ローマの休日」

「知らないわけないですよ」

興奮気味に答えてしまう。いわずと知れた名作映画だ。高校生の時、初めて鑑賞した。

タイトルとオードリー・ヘップバーンぐらいは知っていたが、内容に関してはほぼ無知だった。

オードリー演じる王女が生活に疲れ、宮殿を抜け出す。外遊中のローマの町に飛び出し、グレゴリー・ペック演じるアメリカ人の記者に出会う。二人が過ごす一日の物語だ。

その二人の魅力と、軽快なテンポ。美しい映像。だからこそ「一日」で終わってしまうことのせつなさ。

有名な記者会見のシーンには感動して、泣いた。ローマです、という一言を聞いただけで今でも目頭を熱くさせる自信がある。

「もし無人島にDVD持っていくなら必ず選びます。まぁ無人島にDVDプレイヤーあればの話ですけど」

おれは熱く石渡さんに言う。けど、「ローマの休日って、何曜日です?」と真顔で問う内田くんをはじめ、卓で映画を知っていたのはおれ以外にいない様子だった。

「死ぬまでに一回は見たほうがいいって。そんですかさずジェラート食べたほうがいいって」

おれは無関心そうな彼らに力説する。

石渡さんはメニューを置き、おれを見つめる。

「オードリーとグレゴリー・ペックがベスパに乗る有名なシーンがあるじゃないか」

「ありますあります」

おれはベスパで坂を走るしぐさをした。

「結婚する前に、カミさんともども憧(あこが)れて、買っちまったの。バカだよ」

石渡さんが苦笑して言う。おれは皿を重ねながら言う。

「ロマンチックで素敵じゃないですか」

「走ったのはローマじゃなくて調布(ちょうふ)だぜ」

「似たようなもんですよ」

「全く違うだろ」石渡さんはおれに対してではないため息をついた。「そんな時期もあったのにな、今や家庭はでっかい冷蔵庫状態だよ」

何やら石渡さんと奥さんの仲が悪いという話は多くの社員が知っていた。昨年から娘の進路を巡って険悪になった、という事情を本人からか、本人の愚痴(ぐち)を聞いた別の社員の又聞きだったか、とにかくおれは聞いていた。もちろん詳細は知らないし、どの程度の重さを伴っているのかは聞けない。

「もう一回、ベスパでデートとかしてみるというのは?」

おれは控(ひか)えめな口調で言ってみた。石渡さんは鼻で笑って再びメニューを手に取る。

「ないな。家族になる前には戻れないから」

「家族になる前に」

家族にならなければよかった、というニュアンスに、おれは表情をなくしてしまう。同調できるからだ。

不幸な家族が世界中にどれだけいるのかはわからない。確かなことは、家族を作らなければ生まれなかった不幸、ということだけだ。

「若者に暗い話してしまったなこりゃ」

おっと、というふうに石渡さんが笑ってごま塩頭をわざとらしくメニューで叩く。

「いえいえ、全然」

おれも紙風船みたいに軽い口調を作る。

「っていうか春日井さーん」

おしぼりをいじりながら内田くんが話題に切り込んでくる。

「何?」

「春日井さんてご両親が何歳の時の子どもですか?」

「うーん」

一瞬、答えに詰まる。父の存在を思い出してしまったから。

「覚えてないや。ん、なんで?」

「うちの両親大学の同級で、僕の歳に結婚して僕が生まれたんです」

「へぇ。だいぶ早いね」

「だから自分基準で、僕に結婚結婚言ってくるんです！」

「困るね」

「早く結婚したいっ」

「あ、そっち？」

親からの時期尚早なプレッシャーに迷惑しているという話じゃないのか。

「彼女いるの？」

「ひどい、いるわけないじゃないですか！」

手にしたおしぼりをちぎらんばかりに捻(ねじ)りながら内田くんが吠(ほ)える。

「え、なんで怒られるの、おれが」

「結婚したいんだ？　内田くん」と石渡さんが笑いながら店員呼び出しボタンを押す。

「したいですよぉ。子どもほしいです。最低二人」

「大変だぞ」

石渡さんが渋みを滲ませて言う。

「春日井さんはどうですか？　結婚願望」

まだない、と言いながら先ほど空にした大皿を、おれは積み上げていた。いつかはしたいな、ぐらいだ。平穏無事で、親が子どもを傷つけない家庭を望む。

皮肉にも、自分の未来の家族を思うたび、忘れたがっている父親を意識してしまう。おれは父のようになりたくない、という意識を。

残っていたウーロン茶を喉に流し込んだ。家族の話が広がるのを恐れて、サラダを食べる石渡さんに、話題を戻す。

「ローマの休日といえば、なんですけど――」

おれがしゃべっている途中で、「お待たせしました」という声がした。石渡さんに呼ばれた店員がやってくる。

「吉四六(きっちょむ)のロック」

「あ、すいません吉四六終わっちゃったんですよ」

「ええ？　吉四六終わった？　吉四六が」

石渡さんが言う。吉四六と言いたいだけではないかと思う。

「じゃ、佐藤(さとう)の麦のロックで」

「僕も同じの！」内田くんが横から大声で入ってくる。「佐藤の麦、すげぇロックで」

「すげぇロックって何」

おれはさすがに口に出した。続けて「ハードロック？」と言おうとしたら先に、「ハードロックですね～」と女性店員がボソッと言った。赤い髪の、澄ました顔の女性店員だ。笑う内田くんと石渡さんをスルーして、「お客様は飲み物大丈夫ですか？」とおれのほうを向いた。おれはグラスを掲げて「ウーロン茶ください」と答える。

はーい、と立ち去る店員の名札には「オススメは明太子玉子焼き　美夜子(>▽<)」とあった。

真中美夜子　19：40

ドリンクを運んで通路を戻りながら、わたしはさっきのやりとりを思い出している。座敷席のサラリーマンとのやりとり。「ハードロック」というのはアドリブとしてけっこうおもしろいこと言えたほうじゃないか？　周りのサラリーマンが笑ってくれてたし。と、内心ガッツポーズすると、ニヤニヤしそうになってしまい、慌てて堪える。

口下手なところが自分のコンプレックスだ。親しい相手なら饒舌になれるのに、親しくなるまでは壁を作ってしまい、変にクールな印象を持たれてしまう。誤解されるのは怖い。内心は常にあたふたしているのに。だから、初対面の相手との会話でとっさに上手いことが言えた時には、自分を褒めてあげることにしている。

ここで働き始めた当初も人見知りを発揮して大変だった。今ではバイトリーダーになっているし、それ以上の話も最近提案されたばかりだ。

誤解はこわいけど、認められるのも不安になる。信頼を裏切りそうになるから。

カウンターの手前でガラスの割れる音がした。

「失礼しました」

反射的に傍の客席に頭を下げてから、走り寄る。グラスを落としたのは、新人のカンくんだった。

「すみません」

割れた破片に手を伸ばそうとするので、まずモップを持ってくるように言う。

カンくんがモップを持ってくるまでに大きな破片を拾う。

「すみません、美夜子さん」

「大丈夫。気をつけてね。今日、なんかぼーっとしてるよカンくん」

「ちょっと……」

「ん？」

「いや、なんでも、ないです」

何かありそうだった。悩み事なら後で聞いておこう。そう思ったのは、脳裏に出勤前のことがよぎったからだ。かさねちゃんに気の利いた態度ができなかった後悔。些細なことで、わたしの胸には棘が残ってしまう。

だから今日中に棘を抜く努力をしておきたい。ちょっとした声かけが大事だ。それに、バイトリーダーとしての役割でもある。

鴻上優紀　20：00

機動捜査隊は覆面パトカーに乗り、都内を巡回する。事件の報が入れば真っ先に急行し、犯人検挙を目指す。その名のとおり機動力を生かし、初動捜査を行うのが任務だ。犯罪の匂いを探し、常に走っている。

秋葉原の所轄にある分駐所に立ち寄り、食事休憩を取る。休憩室で、買った食事を黙々と食べる。私は焼きそばパンと、卵パンを順にお腹に入れる。食べ終える間際、テーブルを挟んで座る飯島が音を立てて箸を置いた。思わず顔を上げると、飯島は切れ長の目で私をじっと見つめていた。胸がざわつく。

「主任、お怒りですか」

「え？」

「さっきです。自分が森島さんに皮肉を言ったこと」

予想はついたが、いちいち言葉にしてくるのは、さすがだ。

「お怒り、というよりは呆れた、に近いわね。でも珍しいことじゃないから。あなたは」

飯島が目を細めて、伏せる。ふだんの態度から、落ち込んでいるとは思えないが、かける言葉を私は迷う。

先に飯島が言う。

「前から聞こう聞こうと思ってたんですけど」

「なんでしょう?」

私はお茶に口をつける。

「自分は、主任に嫌われていますか?」

お茶を吹き出しそうになった。

「何を言っているの」

「配属されて半年ですが、なんとなく、主任は自分を避けているというか、突き放しているような気が」

ストレートな物言いに、呆気にとられる。私は冷静さを取り戻すためにお茶を飲む。

「誤解よ。気のせい」

「自分の性格の問題点は自覚しています」

「しているの」

「傍若無人とも取れる慎みに欠けた言動。違いますか」

今まさに問題点を発揮している。

「そうだと言ったら」

「改善は見込めません。矯正は何度か試みましたが無理でした」

「無理なら仕方ないんじゃないかしら」

慎重に言う。

「ですが、主任は快く思っていない。隠せていませんよ」

その物言いに体温が上がる。

「隠すも何も。だから誤解よ」

飯島は首を大きく横に振る。

「自覚がおありでないのなら申し上げますが、他と扱いが違います。とくに他の女性と自分に対する主任の態度は大きく違います」飯島は課内の女性警官の名前を二、三並べる。「主任の彼女らへの対応が砂糖菓子なら、自分に対しては、まるきり、塩対応です。確かに他の人たちは口数も少なく、従順。主任もかわいがりたくなるのかもしれませんが……」

滔々と話していた飯島が口を閉じた。だんだんと腹が立ってきた私の表情に気づいたのか。

「わかった。あなたを嫌っていると仮定しましょう。そしてあなたは自分の性格を変えられない、と。ならどうするべきなの。建設的な意見をくれる？」

「評価を下げないでください」

「……ん？」

「自分、出世したいんです。主任と組んだことでマイナスになるようなことは嫌なんです。嫌ってくれて構わないので、過小評価や告げ口などしないでいただけますか」

その物言いに、完全に面食らった。いっそ清々しい。

私はパンの包みを持ち、勢いをつけて立ち上がった。椅子がガタッと音を立てる。

「一つだけ気に入らないこと、確かにあるわ」私は深呼吸をしてから言った。「私は、自分の一人称を『自分』っていう呼び方好きじゃないの」

飯島は凛としたまなこで見返してくる。居心地が悪くなる前に、私は背を向ける。

「十分後に出動よ」

飯島の返事を待たずに休憩室を出た。すでに半年、堪えている。これからも堪えるのだ。もう一度大きな深呼吸をする。

畠山瑛隼　20：15

深呼吸してカラオケルームに入る。花紗音と二人でカラオケに来るのは初めてだった。このお店は障害者手帳で割引ができる店なんだと、入店する際に花紗音が教えてくれた。

ソファに座ると「そうだ」と花紗音はバッグから財布を出した。「飲み物代」

「いらないから！」

「抹茶のフラペチーノのトールだよね」

僕の断りを無視し、僕がスタバで飲んだ分の金額をテーブルに並べる。鼻がつくぐらいテーブルに顔を近づけて、小銭を睨んでいた。

「金額、合ってる？」

「合ってるよ」

「本当？」

「ぴったり」

僕はレシートと見比べて答えた。花紗音はよかった、と言って財布をしまう。

白杖を使う視覚障害者はみんな全盲なんだと思っていたけど、そうではない。人によって見え方も千差万別なのだという。視界が部分的に欠落していたり、光がかろうじてわかる程度だったり。

花紗音は視野狭窄と夜盲という症状らしい。明るい場所なら健常者と遜色ない生活ができるけど、夜間や暗所では白杖が欠かせない。

でも僕に言わせれば、白杖よりも和寿の腕が欠かせない人だった。今年の春以来、何度も見ている。和寿の腕には花紗音の指の痕が刻まれるんじゃないかと思っていた。

僕と和寿は大学に入学して数日で知り合った。すぐに和寿から「他の授業で仲良くなった」と花紗音を紹介された。二人は出会って一ヵ月もしないうちに付き合い始めることになる。

和寿と並んで座る花紗音は、晴眼者の和寿の何倍も教授や黒板や映像を熱心に見て、時に拡大鏡やタブレットを使って授業を受けていた。僕の目には生真面目に映った、けど、それが彼女の「ふつう」で、そうすることで他の学生たちに肩を並べているのだと気づくと、胸を衝かれた。

「協力してくれてありがとうね。本当、こんなヘンテコな頼みに」

小銭をしまう僕に花紗音が申し訳なさそうに言った。軽さを装う口調で。

「いや、全然いいけど」

「さて。歌いますかぁ」

と言って初めて挑戦するという曲をいくつか歌った。取りたてて上手くはないけど、どこか潤んだような歌声は聞き心地が良かった。

僕ももちろん歌う。とりあえず大ヒットした映画の主題歌を続けて歌う。二人きりの状況に、変に緊張してマイクを握る手が汗ばんだ。

歌い終わると、上手いね、と花紗音が手を叩く。ビブラートがいいね、と。

「畠山くんの歌声、好き」

「声？」

「私、視力が悪い分、耳で人を見る機能がついているの」

ロボットみたいな表現をして、耳たぶを指で弾く。

「畠山くんの内面は、とても繊細で心優しいでしょう」占い師のように言う。「だから私のわがままも聞いてくれるし、小説家にも向いてるってば」

からかう口調にしか聞こえない。気まずさを覚えながら僕はカラオケのモニターの知らない歌手のミュージックビデオ映像に視線を固定した。テーブルのフライドポテトを摘んで。花紗音もフライドポテトに手を伸ばした。袖口がケチャップに付かないように押さえている。そのしぐさ一つに僕は胸がチクチク痛んだ。

——正直、袖にしょっちゅう醤油くっつけたり、やたらとつまずいて俺に摑まってきたり、けっこうイラッとするぞ。

以前ファミレスで僕と二人で夕飯を食べていた和寿は、そんなふうな愚痴をこぼしてきた。一度や二度じゃなく、僕がご飯に誘われる時は彼女の文句を垂れ流したい時なのではないかと、勘繰りたくなるほど。

——たまに俺は彼氏なのか、介助係なのかわかんなくなるけど、そういうこと本人に言ったら、大炎上だろ。

炎上というか、とても傷つくだろう。

——でも、しょうがないことだし、あんまり言わない方がいいよ。

と、僕はあいまいに笑いながら言うしかない。和寿は「当たり前だろ」と鼻を鳴らした。

——本人に言えるかよ。こんなこと信頼できる瑛隼にしか愚痴れないって。

夏の終わりにシンクロさせるように、二人の距離は離れた。和寿が「距離を置こう」と提案したから。花紗音との付き合い方にフラストレーションを溜めていた和寿と花紗音は喧嘩が頻発していたらしい。

信頼を裏切ってはいない。現に今夜、和寿に内緒で彼女の傍にいる。でもそれは和寿のためじゃなく、花紗音を無用に傷つけたくないからだ。僕は卑怯だろうか。

ふと、花紗音が僕の開いたままのリュックに顔を近づけた。紙の束が覗いている。

「それってもしかして」

「あっ、ああ、うん」

「すごい。見せて見せて！」

拳を振って言う。僕は紙束を引き抜き、花紗音の手に渡す。心臓が波打つ。

紙の束は原稿だった。縦書きの印字がびっしり書かれ、ところどころ編集者による赤ペンの書き込みがなされている。

僕は大学生だけど、もう一つ顔がある。小説家、田河燕という顔だ。『放課後は虹と消える』という作品で高校在学中にデビューした。

「ゲラってやつ？」

「いや、まだ書き終わってないから。途中原稿プリントアウトしただけのやつ」

「うーん。全然読めない」

顔を近づけながら花紗音が言う。フォントの大きさと照明の暗さを考えると読めないだろう。僕の中で安堵と後ろめたさがせめぎあう。

「紙の匂いする」

「紙だから」

「紙の匂い、小説家っぽく言ってみて」

「ええ？　無茶ぶりにも程があるよ」

慌てる僕に原稿を返してくる。

「新作、いつ本になるの？」

「まだわかんないよ」

僕は原稿に目を落として答えた。執筆中なのは二作目だ。新人作家にとって、二作目が一番難関だという。

「楽しみ」

社交辞令かもしれないけど、花紗音はそう言ってくれた。デビュー作の『放課後は虹と消える』も電子書籍で読んでくれていて、丁寧な感想もくれた。

「ところで畠山くん、どうして元気ないの？」

「え？　別に……」

「私と和寿の別れ話のせい？　和寿、納得できてなさそうだったなぁ」

距離を置くぐらいなら終わりにすればいいじゃないか、と花紗音は考えたのだろう、きっぱり「別れよう」と話をしたのが今日だ。

僕はウーロン茶で口の中を湿らせてから切り出す。

「正直和寿の理屈は、自分勝手すぎるよ。浮気したのに開き直るっていうのは、失礼だ」

花紗音をフォローするために熱い口調になってしまう。むしろ、花紗音の方が冷静だった。

「バイト先の人とのこと、息抜きって言ってたよね。それは私との時間は息が詰まる、労働だったってことかな？」

履修の時間割の相談でもするように、和寿の行為について僕に意見を求める。

「それは……どうだろうね」

本人から直接愚痴を聞かされている僕は歯切れが悪くなる。

「正直だなぁ畠山くんは」

見透かしているように花紗音が歯を見せた。僕は口ごもったことを悔やみ、顔が熱くなった。和寿だって、疲れることはあるだろう。でもだからといって花紗音をぞんざいに扱っていい理由にはならない。

「ごめんね。困るよね！」

謝られて、僕は自然と寄せていた眉間のしわを慌ててほどく。

「私も和寿もお互いへの気持ちは冷めてた。和寿が距離を置こうって言い方をしたのは、私に気を遣ったからで、本当は一刻も早く別れたいんだと思ってたのに」

自分に言い聞かせているんだろうか、と僕は顔色を見ながら勘繰る。四ヵ月は付き合っていたのだから情はあったに違いない、と恋愛に疎い僕は思う。

「恋愛はめんどくせーね」

花紗音が伸びをした。知り合って半年近いけど、いつも少し不思議に感じる。ふだんの花紗音はこんなに砕けた様子にならない。和寿の前でも。視力のせいもあるんだろうか、花紗音は人一倍真面目な性格だった。板書のノートが間に合わないことはスマホで録音したり、拡大鏡を使ったり、熱心に授業を受けている。

他の同期に比べて落ち着きもあって、友達からも大人びて見られている。和寿の前でも明るい面は出すけど、基本はおしとやかさを保っていた。だから泣いたふりが和寿にはすんなり効くのだろう。

なのに僕といる時は、口調も態度も雑になるし、僕をからかう。

もっとも、理由については考察ができている。要するに僕が小説家という名の変人だから、なのだろう。

「畠山くんにはずっと相談に乗ってもらってたけど今日で最後だね」

最後、という響きに僕はハッとなる。

僕は和寿と行動するから、花紗音が近づいてくることはなくなるのだろう。一年生のうちにはかぶる授業も多いが、学科が違うから来年からは減っていく。

「さーて、次は何歌おうかな」

楽しそうな声を聞きながら、僕は胸に小さな穴があいたような気持に襲われた。

春日井充朗　20：23

座敷席は自由に人が行き交う。おれは移動が苦手というか、どこに行っていいかわからなくなる性質なので、同じ位置を動かずにいた。しゃべりかけられれば陽気な声で対応しながら、頭の隅で冷たい記憶が漏れ出している。

先ほど内田くんが持ち出した話が、おれに父、禄朗の顔を思い出させている。いや、厳密に言えば今夜記憶の紐が緩い原因は、昨日のいたずら電話のせいだ。非通知でかかってきた電話は男の声でこんなことを言った。

――お父さんを殺したいか。

開口一番、これである。都市伝説の呪いの電話かと思った。

——もしもし、すみません、父はいないのですが。

と、一応返答した。

——ならば殺していいか。

——あのー、どちら様ですか。

——レッドキャップを忘れるな。おまえの不幸を消し去ってやる。

意味不明な内容を語り出したのでおれは電話を切った。控えめに言って気味が悪い。かけ直してはこなかった。適当な電話番号にかけているのだろうが、妙な悪戯だった。

だがその電話のせいで父を昨日から思い出しやすくなっているというわけだ。

しかも決まって、記憶の中の父は笑顔なのだ。

虫唾が走る。

父の笑みが、おれや母さんを不幸にしてきた。

ぼんやり思いにふけりウーロン茶を飲んでいると、離れた卓で激しい言い争いが聞こえた。夜道でなされていたら通報されるレベルだった。

紛糾しているのはさっき移動した石渡さんと、小杉社長だった。

おれは深く悩まず、二人のもとへ向かう。

「現実問題を考えてくださいよ。実際働くのは——」

「そう言うけどどね、じゃあ石渡さんは、自分の仕事をきちっとこなせてますか？」

「はぁ?」

周囲の社員たちが困り果てている。

まあまあまあ、と言いながらおれは二人の間に滑り込んだ。

「どういう話題ですか? 熱い激論ですか」

気楽に切り込んだおれに、すかさず周りの社員たちが「春日井くん、タイミングタイミング」、「冷静な話し合いだから大丈夫だよ」などと話しかける。

「ええ? そうなんですか。よかった」

おれは社長に酌をしながら、「バリデーションの話ですよね」と水を向ける。

「うん。石渡さんが不満らしくてね」

「不満なんですか! ぼくが聞きますよ」

どん、と胸を叩く。

「春日井くんが聞いてどうするの」

困り果てた笑みを浮かべて石渡さんがつっこみ、周りが笑う。

やがて話はただの雑談に流れ、おれと石渡さんはもとの席に戻った。

石渡さんは焼酎を手に憤懣やるかたない表情をしていた。

「すいません、余計な真似をして」

「いや、ナイスフォローだった。ありがとう。悪かった」

石渡さん同様、五十を前にしてバイタリティ溢れる小杉社長は、何人かの部下たちに囲まれて、奥の席で談笑している。

石渡さんは目を細めた。

「新システムが来週バリデーションなのに派遣さんたちに全然レクチャーが追いついてないって抗議だった。問題だろ」

「そうですね」

石渡さんはオペレーション部門のリーダーで、商品の発注、管理の責任者だった。利用者からの注文はネットとコールセンターであり、直接受け付けるのは派遣やパートの従業員である。彼らの教育や要望に応えることも石渡さんの重要な仕事だ。

「それ、この間の社員ミーティングで言ってたんじゃや」

「言ってるよ。相当言ってるよ」

「一万五千回くらい言ってますよね」

「ううん、そんなに言ってない」

「言ってませんね」

「話が、まるで、通じません」石渡さんが焼酎をぐい、と飲む。「平行線だよ」

平行線。

わかり合えない相手はだれにでもいる。厄介なのは、わかり合えないということを、相手が理解できていない場合だ。

「でも君はすごいね。俺と社長の間に堂々と割って入ってさ。なだめるなんて。なかなか若手にできないよ」

「はぁ。まあ、八方美人なので」

就職して二年半が過ぎ、良くも悪くもおれの評価が組織の中で固まっているのは知っている。仕事は平均以上にこなせる。先輩には時々失礼だが基本的にコミュニケーション能力良好。だが、だれに対しても円滑すぎていささか信頼がおけない。こんな感じの評価。だれのことも悪く言わないから、八方美人だと。

「八方美人は努力家だ」

石渡さんが言い、おれはびっくりして顔を見た。

「そんなこと初めて言われましたけど」

「八方美人ってのは楽じゃないだろ。一方に美人でいるだけでも大変なのに。君はすごいよ」

こういうところが優しい先輩だな、と素直に思う。なぜ家族と上手くいかないのだろうか、いらないストレスをためてしまうのだろうか、などと余計なことを考える。

畠山瑛隼　20：25

ためていた感情を解放するような花紗音の熱唱が続く。僕はモニターの歌詞ではなく、花紗音を眺めている。ふっくらした唇が、大きく動く。サビにさしかかり、胸に手を当てて歌うから、自然に掌が添えられたワンピースの膨らみに目がいく。慌てて目を逸らし、ウーロン茶を喉に流し入れる。だれかと一緒は、落ち着かない。

高校の時、僕は教室でいつも一人だった。いや、いかにも「ぼっち」に見られるのが嫌だったから、話し相手は作っていた。

その「作っていた」という考え方が、僕が高慢な証拠だ。

人の悪口や、テレビやネットニュースの陳腐な話題、恋とか友達関係とか、そういう話で盛り上がる同級生を冷めた目で見ていた。僕は本が好きで、それだけで人より深い人間でいるつもりでいた。勘違いだと気づきそうになれば、もっと難しい本を読んで、賢くなった気になった。心から笑い合える友達がいない教室は自分の居場所ではないのだと決めてかかっていれば、孤独を他人のせいにもできた。

いつしか小説家になる夢を抱いていたのも、自分が周囲と違い、特別だという優越感を形にしたかったからだ。

実際、文才は身についていたのだろう。何度目かのコンクールで大賞を受賞し、高三の冬にデビュー作『放課後は虹と消える』が出版された。もちろん小説家だけで食べて行けるなんて楽観は、僕も両親もできなかったから、当初の予定通り大学進学をした。だが、ペンネームを使っていたから周囲にもばれなかった。

僕に芽生えたのは相反する感情だった。読んでほしい、という欲求と、自分が書いたと知られたくない、という欲求。自分の卑屈さを思い知った瞬間だ。

僕が描いた主人公はクラスになじめない男子高校生。自分は日陰から出られないと思い込んでいて、きらきらしたクラスメイトたちは「悩みがないのだ」と見下している。ところが、ある日大切にしていたノートを盗まれたことをきっかけにヒロインとかかわる。聡明で生き生きしたヒロインと行動を共にするうち、興味を持っていなかった周囲のクラスメイトとも交わっていく。そういうストーリーだ。

僕自身の願望をさらけ出したに違いなかった。

小説の中では運命の方から「僕」に道を示してくれる。現実には僕に手を差し出してくれるヒロインなどいない。周囲のクラスメイトの物語を僕は知りたくても知れない。読んでくれたらきっと僕をわかってもらえるだろう。僕をわかられてしまったら、傲慢さも卑屈さもばれてしまう。だれかに声をかけられるのを待っている人間だと、気づかれてしまう。だから現実の僕の日常は鬱屈(うっくつ)したまま、高校卒業まで変わらなかった。自分の書いた物語が、僕をあざ笑っている気がした。

それでもデビューしたのだから、二作目の執筆に取り掛からなくてはならない。

自分が小説家だと周囲に知られることは恥ずかしい。こんなつまらない人間が、恋愛とか友情とか偉そうに物語を綴(つづ)っていることがばれてはいけない。

決意して大学に進学したのに、早々に僕の秘密は花紗音に知られることになる。

大学の近くの喫茶店で執筆しているのを、近くの席に座っていた花紗音に目撃されたのだ。花紗音がまだ和寿と付き合う前だった。話をする機会は席を立った花紗音が伝票を落とした時だった。遮光眼鏡をかけた彼女は、落ちた紙を見つけることができず、手探りで床を探った。僕は伝票を拾い上げた。

——ど、どうぞ……。

口ごもりながらその手に渡した。指に触ってしまったけど、温度の認識ができないほど緊張していたのを覚えている。ありがとう、と言って伝票を受け取った花紗音は、眼鏡の奥で瞬(まばた)きをした。

——一年生だよね？　いつも何を書いているの？

話しかけられた最初の質問に、僕は真正直に答えていた。自分が小説家であること。デビュー作のこと。

——すごーい？　なんで隠すの？　大学生で小説家ってかっこいいのに。

――僕は、自信がないから。

曖昧で、自分本位な理由なのに、花紗音はそれ以上追及してこなかった。代わりにこう言った。

――じゃあ秘密にしてあげるから、私の話し相手になって。

最初はぴんとこなかった。穏やかで真面目な花紗音には男女問わず友達がいたからだ。でもそのうち僕だけが特別枠なのだと気づいた。花紗音は僕に対しては、肩の荷を下ろして接している。そんなふうに感じている。

志田正好　20：32

シルバーメタリックのプリウスは法定速度前後で平和島に走っていた。俺は助手席に座っている。三日前に初めて知ったルートを今夜、辿ることになるとは。首都高を走行中、俺は後部座席に声をかけた。

「もうすぐです」

「ああ、心配すんな」

頷いたジャージ姿の巨漢は、双海だった。双海の隣にいる鴨居は、双海の手から血が伝っていることに気づきハンカチを押し当てる。二人ともシートベルトはもちろん着用していた。万が一にでも警察の取り締まりに引っかかれば、取引どころではなくなる。

「心配すんなってのは無理な相談っすよ」

鴨居の言うとおりだ。茶木、中西とともに襲撃を受けた双海は全身十数ヵ所を斬(き)られていた。衣服の下は包帯でぐるぐる巻きだ。傷は応急処置で縫合してあったが、本来絶対安静の状態だった。

「俺のへまだ。黙って待ってられるか」

双海は手下の制止を振り切り南千住の会議室に踏み込んできた。自分も行かせろと。

俺たちは取引に応じるため一路、覚せい剤の保管倉庫に向かっている。

「鴨、兎。醜態に言い訳するつもりはねぇが、奴らを舐めてかかるなよ」

運搬役に選ばれた俺と鴨居はレッドキャップの構成員と直接相まみえることになるだろう。双海の忠告は身に染(し)みた。

双海の報告によれば今夜、茶木は事務所から行きつけのクラブに向かう途中で襲撃を受けた。

一本道で車の進行方向に男が立ちふさがった。背後には二台のバイクがぴたりと付き、退路を塞(ふさ)いだ。

助手席の双海が車を降りると前方の男は右手に大型ナイフを構えた。同時にバイクの一人がスタングレネードを投げた。激しい閃光(せんこう)と音で視覚聴覚を麻痺(まひ)させる非殺傷兵器だ。

警戒していた双海は目と耳を守ったが、隙を衝かれてナイフの男に斬りつけられた。運転席の中西は一時的に視力を奪われた。車のガラスをハンマーでぶち破った二人組は茶木を引っ張り出した。双海と中西は抵抗したが、一分と経たず制圧され、茶木は連れ去られてしまった。

都内の屋外で大型ナイフやスタングレネードをためらいなく使用し、拉致と殺傷を行うというのは大胆不敵極まりない。

何より茶木、双海、中西を倒す実力者を相手にすることを肝に銘じなければならない。双海は見た目に違わず元プロレスラーという経歴の持ち主だ。若手の中西もボクサー上がりの武闘派、茶木自身も空手を身に着けており、極道のナンバー2として幾多の修羅場をくぐってきた。そんな面子が一方的にやられたのだ。スタングレネードのハンデがあったとしても、襲撃者は相当な手練れと見るべきだった。

「おまえらの腕は知ってるがな、油断するな」

双海は重ねて言うと、大きな息を吐いた。額には脂汗が浮かんでいる。

振り返った俺に、ウィンクをして大きな掌を開いてみせる。

「これだけ斬られても、指が落とされなかったのは儲けもんだな。てめえで詰めることができるぜ」

俺は深刻な表情で俯く。

襲撃犯のナイフ使いは遊ぶように双海の巨体に無数の傷をつけた。致命傷となる深手はないのが、残虐性を際立たせている。一方で中西は仲間に押さえつけさせたうえ、双海の目の前で即座に殺したそうだ。双海は伝達役に残したのだろう。

茶木が無事に奪還できても若頭を守れなかった双海は「けじめ」をつけることになる。

「兄貴は体張ったじゃないですか」

喜多村が硬い声で言った。

「結果が全てだろうが」

茶木がどれだけ名取会長の信を得ているか、知らない組員はいなかった。名取は茶木を実の息子同然に目をかけ、育てた。茶木の人脈作りの才は自分にはないものと褒めちぎった。

「通夜みてぇな顔すんな。気張っていけ。赤帽子をぶっ殺して若頭を助けるんだ」

「奴らが大人しく取引に応じるとは限りません」俺は言った。「探索班の成果を期待しましょう」

今すでに名取会の構成員が池袋に向かい、取引場所周辺で怪しい人物を捜索している。襲撃地点の周囲でも拉致監禁場所になりそうな施設を洗っている最中だった。レッドキャップに限らず敵対する組織の所有施設の情報は常に集めているのだ。

「頭のいかれた連中が出てきやがって」

鴨居が独り言を漏らした。

レッドキャップは都内で急成長を続ける準暴力団組織、いわゆる半グレ集団だ。ドラッグの売買、貧困ビジネスに闇金融と手広く商売をしている。

だが一般的な半グレや、もちろん暴力団とも一線を画す側面があった。敵対組織の襲撃現場に赤い帽子を残す行為に代表される手口だ。『愛の挨拶』の動画もそうだが、愉快犯的な色を持っている。また、末端の構成員以外、中枢の人物が探れないことや資金の出所が摑めないことなども不気味だった。

暴力団の若頭と覚せい剤を交換するという発想も常軌を逸している。

「兎、なんか気の紛れる話しろよ」

首都高を降りると、鴨居が重い空気を振り払うように言った。重い空気を振り払うのは結構だが、俺に振るな、という目で見返す。

「ああ、てめぇのうんちくでも聞いてりゃ痛みも紛れる」

「ほら、ご所望だぞ」

兄貴分の双海にまで言われれば断れない。しぶしぶ俺は場違いな脳みそを働かせることになる。無駄な雑学をよく知っているという「キャラ」が定着したことは、一年足らずで組織になじむにあたって役に立ったことでもある。やくざは荒事以上に、くだらない話を好む。車窓を見て、眉間にしわを寄せてから俺は口火を切る。

「今走っている埋め立て地がなぜ平和島と名付けられたか、知っていますか」

「知らねぇな」

双海は即答し、鴨居と喜多村も首を傾げた。

「太平洋戦争中、この地域に捕虜の収容所があったそうです。戦後は一転して戦犯が収容された。そんな戦争の象徴的な場所だったから、地域の住民は恒久平和への祈りを込めて、平和島と呼ぶようになったとか」

「ほほー、いい話かよ」

鴨居はぱちぱちと手を叩く。

「でも川を挟んだ対岸には勝島があるでしょう」

勝島も平和島同様、倉庫が多いエリアだ。広く平らな土地を生かし平和島には競艇場があるが、勝島には大井競馬場がある。

「勝島の由来は、埋め立て工事中に始まっていた日中戦争に勝利するように、という思いから命名されたといわれています。つまり川を挟んで、戦争開始の高揚感から名のついた土地と、敗戦後に生まれた願いが名付けた土地とが向かい合っているんですよ」

「皮肉だな」

と、双海が笑った。鴨居は「俺は競艇より競馬派だぜ」と頓珍漢なことを得意げに言った。だが鴨居が切羽詰まった空気に気を遣っているのは明白だった。ベテラン組員のこの男は、戦いは余裕をなくしたほうが負けると十分知っているのだ。

「着きますよ」

無言だった喜多村がハンドルを切った。

プリウスは平和島の一角にある倉庫の敷地に入った。トラックバースに喜多村が駐車し、エンジンを切った。

セキュリティカードで建物に入る。二百坪二階建ての倉庫の奥にはさらに分厚いシャッター扉がある。名取会の幹部でも限られた者しか開けない生体認証式の扉だ。パネルに掌を当てたのは鴨居だ。鴨居は二十年来の組員で、大役を担うことも多い。

開かれた扉から、眼鏡の痩せた男が出てきて「ご苦労様です」と俺たちを出迎えた。

男は陣野という。名取会の正式な構成員ではなく、名取会長がリクルートした保管担当者だった。いつでも駆けつけられるよう倉庫から車で五分圏内に住んでいる。

「準備は整っています」

陣野、喜多村に続いて室内に入る。陣野配下の若い警護係が二人、深々と頭を下げてくる。彼らも緊急事態に目を血走らせていた。

「こいつはすげぇ」

初めてここを訪れた喜多村が素直に感動を漏らした。

三日前に初めて目にした時には俺も瞠目した。興奮と、なんともいえない諦念で。もちろん俺を初めてここに連れてきた幹部と鴨居の手前、顔には出さなかったが。

袋詰めにされた白い粉はコンテナに山積みになっている。現時点では約二百キロがここにある。定期的に出荷され、中継地点を経てから末端の売人に運ばれる仕組みだった。

売人から顧客へは一般の宅配便で送るのが主流だ。宅配の集配所には麻薬犬も検査のプロセスもない。集配所で中身が発覚しても送り主は辿れない。当然架空の名義にしてあるからだ。少量ならば、「安全」な運輸なのだ。

そして人々を狂わせ、裏社会を潤わせていく。

「要求の二十キロ。末端価格にして約十四億」陣野が甲高い地声で言う。「敵対勢力に資金源を与えてしまう結果にはなります」

「若頭の命がかかってんだよ」

喜多村に肩を借りた双海が吠え、陣野は首をすくめた。

「すぐに奪い返すさ。なぁ、兎」

「当然です。あいつらの身ぐるみも剝がしてやりましょう」

鴨居の軽口に返してから俺は中央のテーブルに歩み寄る。置かれた二つの黒いバックパックに近づいた。中には覚せい剤が詰められている。

「二つで収まったか」

俺はＵＳＢメモリ程度の大きさの機械をポケットから出す。ＧＰＳ発信機だ。バッグの奥に仕込んでからファスナーを閉じた。

俺と鴨居はバックパックの横に置かれていた工具箱に手を出す。大工道具と、大工道具の範疇を越える器具が入っている。

「奴らがガチな武装してんなら、チャカもほしいな」

この倉庫には複数のトカレフやマカロフといった拳銃も保管してあった。

「銃器所持でパクられたら洒落になりません」

「わーってるよ」

鴨居は首にかけている革ひものネックレスのトップにキスをした。トップは色のくすんだ白い貝殻だ。お守りだというその貝殻にキスをするのは鴨居の儀式だった。

俺はスパナと催涙スプレー、鴨居は木槌とウォレットチェーン、スタンガンを上着のポケットに詰めた。バックパックを背負う。俺は俺にできることをするしかない。

鴻上優紀　20：40

秋葉原の分駐所を後にしてから、私たちの車は昭和通りを流していた。

赤信号でブレーキをかけた飯島に、私は切り出す。

「捜査一課志望だったわね？」

「……はい」

機捜に来るまでの飯島の経歴は、所轄で地域課と刑事課。二十八歳で警視庁所属の刑事にまでなる出世コースは、順調といえる。上昇志向の強い者なら、上司の評定を気にするのは自然だ。飯島の場合、語学力と肝の太さ、腕っぷしは大きなアドバンテージだ。

「なぜ捜一に？　近頃は志望者が減ってるのよ。事件が起きれば昼も夜もなくなるから」

「花形ですので」

「潔い理由ね」

「わかりやすい目標のほうが目指しやすいですから」

どこまでもストレートな物言いに、私は刹那的な苛立ちを覚える。

「あなた、警察官に向いていないと言われたことは？」

ハッとしたように飯島が私を見た。私は直視しなかった。

「なぜです？」

「思っていることをそのまま口にしていたら組織で上手くやっていけない」

「すみません。ゆとり世代なので」

「世代は関係ない」

「やはり主任は、自分を嫌っているんですね」

納得したような声に、私はため息で応じた。

「部下を心配しているのよ」

「ありがとうございます」

感謝の密度がまるでない「ありがとうございます」だった。

「あなたは戦おうとしているのね」

信号が青に変わり飯島はアクセルを踏みながら、横目で私をちらりと見た。

「この国の女性警官は全体の僅か八パーセント前後。男社会の縦割り組織で、未だに女性警官を雑務や対外向けのマスコットみたいに考えてる人たちも多い。彼らに実力を認めさせるには実績を積み、結果を出すしかない。そう考えているんでしょ」

飯島の無言から肯定の香りがした。

「結果を出せば今度はやっかまれるわ。あいつは上司に上手く取り入ったんだ、とか、点数稼ぎをしているしたたかな女、とかあることないこと言われてね。結果を出した飯島の努力を他人は傲慢と捉える。男と同等の結果を出さないのが女、という考えが根付いてるから」

「決めつけないでください」

「決めつけるのは私じゃないわ」

「……主任が組対から機捜に異動になった理由って……」

私は表情を変えずにフロントガラスを見つめる。

「ほんの少し組織に抗った結果。言っておくけど機捜のこと今は好きよ。むしろ事件の最前線でやりがいは大きい」

本心だった。順応は得意だが変革は苦手。典型的な日本人だろうか。典型をだれが決めるのか知らないが。

「ただ、私という前例を作ってしまったのは申し訳ない」

「前例ですか」

望まぬ場所に飛ばされた先で従順になる女性刑事の前例だ。

「あらゆるシステムは小さな小さな前例の積み重ねで作られるわ。みんな前例を作ることの意味に鈍感なのよ」

「ならば自分が新しい前例を作りますよ。組織の中で。主任は自分が結果を出せる、と考えてくれているようですし」

皮肉げに言われ、ジャブを食らった気分だった。

「自分は警察官として組織で生き抜いて、犯罪者を逮捕します」

おどけて力こぶを作る部下に返す言葉は浮かばず、沈黙が落ちる。

私は隣にいる部下との間でもつれた見えない糸を、どうにかほぐしたくなる。刑事としてではなく、人としての欲求だった。

「差し支えなければ教えて。なぜ警察官を志したの?」

飯島はさして逡巡することなく答えた。

「十四年前のことです。柔道の恩師が車に撥ねられて死にました」

「恩師が」

「ご存知のとおり自分は、小学校の途中まで韓国で過ごしていました」

父が外資系企業勤めで、飯島はいわゆる帰国子女だ。

「日本の学校でなじめず、両親との折り合いも悪くなって。そんな時期に出会った恩師でした。いろいろな話も親身に聞いてくれて」

私は唇に指を当てて飯島を見つめる。平然を装っているが、心のひび割れた部分を明かそうとしていると感じた。話さなくていい、と言いかける衝動を、飯島の言葉が押し流す。

「運転手の名は新村祥吾。危険ドラッグ、当時は脱法ドラッグという呼称でしたが、その常習者でした。朝の通勤通学にはまだ早い時間、恩師は日課のジョギングをしていました。柔道六段で、クマおじさんと呼ばれるような立派な体でしたが、ミニバンに突っ込まれたら即死です。新村は恩師を撥ね飛ばした後、塀に激突して、搬送先の病院で死亡しました」

被疑者死亡。警察官として、最も迎えてはならない結末だ。

「自分は中学生の小娘でしたが、全てがあっけなくて、無力感に襲われて。恩師を殺した新村は死んだんじゃなくて、絶対に逮捕できないところに逃げてしまったんだと」

　声音が少し揺らぐ。

「だから警察官に？」

「一人でも多くの犯罪者を、逮捕するために」

　見つめた飯島の目じりに、涙が浮かんでいた。ごまかしようがないほど。だが決して流すつもりはないようだった。手を伸ばして、拭ってやりたかったが、私も決して、しない。

「さっきの話だけど、私が原因であなたの評定が落ちることはない。約束するわ。話は終わり」何か言いかける飯島を遮り、私は言う。「いつもみたいに無駄話をして」

　飯島は憮然とした。だが他に言いようが見つからなかったのだ。

「高田馬場で美味しいパン屋を見つけたんです」

「パン屋？」

「主任、パンはお好きですよね。よく食べています。さっきも夜ご飯にパンでしたし」

　――夕飯は米と味噌汁がいいよ。パンは朝でしょう？

　懐かしい声が頭に響いた。一緒に食べた肉じゃがの香りも。あの子は今どうしているだろうか。胸に潜むセンチメンタルを振り払う。

「なんというお店？」

「ベーカリー一番星です。カレーパンがおすすめですよ。サクサクで中身がたっぷり。食べたくなってきますね。明日の朝にでも」

夕飯を食べたばかりだというのに。マイペースな飯島に対し迂闊にも、噴き出しそうになる。

その時、無線が入った。

『通信センターより各局。北千住にて窃盗の通報――』

「近いですね」

私たちは入谷方面に走っていた。私は無線に応答する。

「こちら機捜三〇一、急行します」

畠山瑛隼　20:50

前に僕は和寿から聞いていた。「花紗音と初めてキスしたのはカラオケ」と。「密室はやばい」と笑っていたのは、五月ぐらいだったか。強引に迫ったんじゃないだろうな、あいつ。あらかじめ相手の同意なしで、キスというのはしていいのか。

なんて邪なことを考えているとカラオケ利用時間の終了十分前の電話が鳴る。僕たちはカラオケ店を出ることにした。花紗音はまだ歌い足りないような表情をしていた。

花紗音が利用する西武新宿駅に向かって歩いていく。僕は新宿駅ユーザーだけど、目と鼻の先だ。送ってから行くことにした。

花紗音は白杖をつきながら歩く。僕は隣を歩く。靖国通りの雑踏をゆっくり歩くワンピースに、歩幅を合わせて。

「次回作はどんな話なの？」

唐突に花紗音が切り出した。リュックの中の原稿がずん、と重くなる錯覚を覚える。僕は唇を舐めた。

「大学生の青春系の話、かな」

「どんなキャラが出てくるの？」

「えっと……平凡な男子と女子」

「執筆はかどってる？」

「まあまあ、かな」

僕は顔を逸らして答える。

「あれ？　煮詰まってるなら相談していいぞ」

姉御っぽい口調を作って花紗音が言ってくる。

「別にいいよ」

「遠慮しないでさ～」

「き、企業秘密だから」

僕は声を大きくして言った。花紗音がため息を「はーあー」と声で表現する。

「つれないなぁ。小説家だってこと和寿にばらしちゃうよ」

「ええ？　なんでだよ」

「嘘嘘。なんか、私ばかり相談に乗ってもらってるのも、不公平かなって。もしかしたらアドバイスできるかも」

なんてね、と言って突き出す唇は、やっぱりふっくらしている。何を気にしているんだ、と慌てて視線を落とす。

「でもすごいよね。畠山くんの頭の中で物語が自由自在に作られるの」

白杖は右足を出す時に左に、左足を出す時に右に振られ、地面をつく。カツ、カツという音が、騒音を縫って僕の耳に届く。

杖は体の一部みたいなものだと、花紗音に聞いたことがある。

舗道のちょっとした段差も、崖を踏み外して落ちる恐怖があるんだよ、と教えてくれたこともある。そんな重い話をする時も彼女は笑っている。強い人間なんだろう。

「畠山くんローマの休日って知ってる？」

「え？　うん。昔見たことはあるよ」

古い映画だ。宮殿を抜け出す王女様役の、あの美貌の女優はなんていったっけ。

「私、好きで。何度も見て。王女様が本当に生き生きしていて、自由を楽しんでるのが伝わってくるんだ。物語ってわかっていても、私まで自由な世界にいるみたいで。一生に一度の出会いがあるような……」

「花紗音？」

「物語を作れる人は私みたいな、大勢の人を幸せにできるでしょ。だから畠山くんすごいって話」

偽りの功績を褒められている気分になり、逃げ出したくなる。

「僕は全然、違うよ。中身がないから」

僕の言葉に、花紗音が目を細めて顔を近づける。つま先で立って、ぐっと、くっつくぐらいに。

甘い香りが鼻腔に忍び込む。花紗音が時々つける香水の香り。和寿が、プレゼントした。僕が知っている花紗音情報はたいてい、和寿を間に挟んでいる。

「畠山くんの中身？」

「プライドが高くて、臆病なだけの奴」

僕が言うと、花紗音が俯いた。白杖が地面をちりちりと掠める。

「そうだとしたらいけないの？」

切実な声でそう問われて、答えに窮する。助け舟のように、花紗音のスマホが鳴った。

白杖をわきに挟み、スマートフォンを取り出す。メッセージを受信したようだ。差出人に「和寿」という文字が見えた。花紗音は画面の文字を拡大し、顔を近づけて読む。

「和寿は、なんて?」

ためらいつつも訊く。

「バイト終わったら電話する、って。勝手だなあ」

正面から僕より幾分年上の男女が歩いてきた。美男美女だな、と僕は一瞥して思った。通り過ぎようとしてから、二人は花紗音を怪訝そうに見て、立ち止まった。

「ねぇ」女が不快そうに男に囁く。「あの人なんでスマホ見れるの?」

肩をびくつかせた花紗音が、視線を泳がせる。

「白い杖持ってるのに、おかしくない?」

女の声に男が同じ声量で「声でけーよ」と言う。

「ずるい奴が世の中いっぱいいるんだって」

男は嘆くように言った。僕が振り返った時、男女は、笑っていた。花紗音をずるい奴と呼んだ声は、すぐに別の話題に移っていた。

どういう意味の笑みなのか、僕には到底わからない。本気で甚だしい誤解をしているのか、ただ中傷しているのか。どちらにしても、囁く声の音量調整を間違っている。

意味不明な言葉を受ける花紗音の表情を、見ていられなかった。

「気にしなくていいよ?」

遠ざかる男女の背には、顔を向けず、花紗音が言う。

「直接説教してきた人もいたもん。『本当に見えない奴に失礼だぞ』って」

「何だよ、それ」

「私に言わないで」困ったように言う花紗音の口角が上がる。「小説のネタになるかな」

「しないよ! 花紗音のこと何も知らないくせに、なんでそんなこと言えるんだ」

腹から沸き起こる悔しさに、僕は似合わない声を上げていた。花紗音は驚いた顔をして、手にした白杖を見やる。

「知っている人でも、言うんだよ」

「え?」

「喧嘩した時に、和寿がね、言ってきたことある。二回連続でジュースをこぼした日だったかな。本当は見えてるのに、わざと弱いふりしてるんじゃないかって。俺を試すために演技してるんじゃないかって」

「和寿がそんなひどいことを?」

怒りよりもゾッとした。花紗音に合わせることに疲れるのと、「疑う」のはわけが違う。

「機嫌が悪い日だったんだよ」

「でもっ……」

「実際弱いふり、しようと思えばできるし？」

そう言った笑顔が痛々しく見えた。この笑顔のために、彼女は無理をしているんじゃないのか。彼氏でもない、頼りない僕に慰められないように。僕が気に病まないように、必死に笑っているのだとしたら。

「花紗音は強い。強いって僕は知ってる」

思わず肩に触れようと伸ばした手を、ぎりぎりのところで止めた。

空気を掻きまわすように、花紗音が笑って言う。

「あーあ、全部、和寿のせいだ。あいつが変なタイミングでメッセージ送ってくるからさ。そういうことにしておこう？　むかつくぜっ」

そう言って画面を閉じ、スマホの電源を切ってしまった。大きく息を吸いこんで、僕を見上げる。

そうだ。和寿が、彼氏であるあいつが、この健気な花紗音を支えるべきなのに。今隣にいて赤の他人の誹謗から守るべきなのに。でも今ここには僕しかいない……。

「じゃあ、仕返ししに行こうか」

体の中で渦巻く感情を逃がしたくて、僕は気づけば提案していた。

春日井充朗　21：00

「はい注目！」

おれたちの二つ隣の島で声を張り上げたのは、飲み会の幹事だった。スマートフォンを持った手を突き上げている。

「えー、宴もたけなわなので、皆で写真撮りたいと思います。ざっくりこっち側に集まってもらえますか～。インスタ映えましょう」

グダグダと三十人強が座敷の右側に寄り集まった。「すいません、撮ってもらえますか」と幹事が店員の美夜子にスマートフォンを手渡す。

「はーい」

ライトに照らされるセミショートの髪はワインレッドに近い。

座敷に上がった美夜子は会社員の塊にスマホを向けた。おれと石渡さんも塊の一部になる。

「んじゃ撮りますね～……」

何歩か下がった。背中を反らし、屈み、眉を上げた。どうやらフレームに上手く収まらないらしい。

美夜子の次の動作に迷いはなかった。一番端の島、片付けていたテーブルを壁際に引き寄せ、表情を変えずその上に乗った。

その躊躇のない一挙一動が、かっこいいとおれは思い、内田くんは「かっけえ」と口にした。

「あ、ばっちりです。行きますね～」

はいチーズ。

四枚ほど撮ってテーブルから下りた美夜子は幹事にスマホを返した。「よく撮れてますありがとうございます」と頭を下げる幹事その他数名に「いえいえ」と照れ笑いし、テーブルを拭いてから去っていく。おれたちは塊を崩し、もとの位置に戻っていこうとした。すると、内田くんが足を滑らせながら店員の方に進み出た。

「待って！　ハードロックなお姉さん」

ぎょっとした美夜子が内田くんを見返す。おれは「確かにその店員さんはハードロックと口にしたが生き方がハードロックなわけではないんじゃないかい？　内田くん」というメッセージを込めた視線を送る。が、届かなかった。他の社員が気に留めていないので仕方なくおれは内田くんの背後に向かう。

「お姉さんっ、美夜子さんていうの？」

名札を確認した内田くんがとりあえず呼び方を改める。

「はい」

「あの、恐縮ですが、彼氏はいますか」

「えっ」

「美人だからいますかね？　僕、あなたのこと、すごくタイプで」

「たい、え？」

「もしいないようでしたら、連絡先を……」

内田くんは自覚がない様子だったが、圧力で美夜子を壁際にじりじり追いやっている。おれは内田くんの袖を引っ張った。

「ちょっ、春日井さん。袖引っ張りはきゅんとしちゃうじゃないですか！」

振り返った内田くんに、おれはできうる限り冷やし切ったまなざしを向ける。

「馬鹿なの？」真顔で後輩に問いかけてから美夜子に頭を下げる。「すいません、弊社の酔っ払いが客という立場を悪用したアルコールハラスメントとナンパを掛け合わせた愚劣な行為を働いたようで」

内田くんが充血した目を見開き、「言いがかりです」と抗議する。当の美夜子はおれの方を見て不思議そうな目をしていた。

「何か？」

「いえ、よくアドリブで、嚙まずにすらすら言えるなぁって」

「え?」

予想外のポイントを感心され、おれは戸惑ったが、それ以上に美夜子自身が口を押えて失言を恥じるような表情をした。そして話をそらすように、といってももとはそちらが本題ではあったのだが、内田くんに「彼氏はいます」と答えた。内田くんは冷水を浴びせられた顔をしたが、すぐおとなしく「ですよね」と頷き、直立不動になった。

「彼氏はハードロックな人ですか?」

「内田くん、そろそろネクタイを締め上げるよ?」

半分本気でおれは脅す。美夜子はなぜか、ここが正念場とばかりに考え込んでから、答える。

「……どちらかといえば、平和なポップミュージックな感じです」

「なるほどです」と内田くんが唸り、「どういう意思疎通なの?」とおれは真剣に問う。と、美夜子は通路を通りかかった男性店員を目に止めハッとした顔になった。「すみません、失礼します」と言って今度こそ座敷を去っていく。

「結婚って難しいですね」

ぼそりと内田くんがつぶやいたので、「君はそれ以前の問題だよ」とおれは言っておく。

畠山瑛隼　21：11

新宿駅から二駅。高田馬場駅の外に出た時、「あのさ、畠山くん」と、花紗音が立ち止まって左右を見やるように頭を振った。「腕、貸してくれない？」

「え？　あ、ああもちろん」

一応歩調は合わせていたけど、夜盲の彼女を白杖だけで歩かせるのは配慮に欠けていた。

「ごめん！　気づかなくて」

何せ二人で並んで歩くことなんてないから、というのはいいわけだろう。きっと常識のある人間は気づいて声をかけている。僕はとことん自分のことしか見えていない。

そんな僕に花紗音は「ううん。ありがとう」と笑顔で言う。

僕の右腕に左手が添えられた。服の上から触れられているだけなのに鼓動が早くなる。

「私より半歩先を、直線的に歩く感じで。レッツゴー」

「お、おう」

背中で立てられた笑い声にどきどきしながら、歩き始めた。

「――あの場面でヒロインの心の変化に気づけるところが魅力だったよ。虹のあとに雨が降ったって仕方ない、っていうセリフも好きだった」

歩きながら僕の小説の感想を花紗音は語ってくれている。『放課後は虹と消える』の感想は前にも聞いたけど、言い忘れていたかもしれないから、と切り出したのだ。

「主人公には畠山くんが投影されてるの?」

僕は反射的に首を横に振る。正直に「そうだ」と言ったら、幻滅されてしまいそうで怖い。けど、そもそも僕は何か期待されているだろうか。

高田馬場駅から歩いて五分の住宅地を歩いている。和寿のアパートに向かっているのだった。ささやかな仕返しをするために。

僕の作品の話を続けられるのがつらくて、さっき言ってたローマの休日だけど、と僕は話を変えた。

「女優の名前、なんていうんだっけ」

「オードリー・ヘップバーン」

「ああ、そうだった。すっきりした」

「あっ。あの二人ってどこまでいったと思う?」

質問の意味がわからず僕は「何が?」と聞き返し、少しだけ顔を後ろに向ける。

「ローマの休日の王女様と新聞記者。セックスまでしたと思う?」

ぶっ、と変な声で噴き出す僕をよそに、ことさら軽い口調で続ける。

「ローマの休日は二人が最後の行為に至ったことが暗喩的に示されているっていう説があるんだって」

物語後半のパーティでの騒動の後、記者の部屋の場面になる。シャワーを浴びたらしき王女がバスルームから出てくる。妙に意味深な会話もする。そのシーンらしい。

「あの時代ハリウッドにはヘイズコードっていう規制があって性的なシーンは直接的に描けなかった。だから、暗示するしかなかったんだって意見。畠山くんはどう思う？」

断固「違うでしょ」と僕は言った。

「勘繰りすぎだよ。あの二人は、キスで終わったからこそ美しいんじゃないかな。プラトニックで」

花紗音は頷きながらも「私はやった派」と言ってのける。

「王女が大人の女性になる物語だから、暗喩を信じてもいいんじゃないかなぁ」

「で、でもさ」

そう言って僕はつい、体ごと振り返ってしまう。腕を持っていた花紗音が前のめりになって、胸が僕の腕にぶつかった。華奢な体に似合わない、豊かなふくらみ。

僕はしゃっくりみたいな変な声を発し、生唾を飲む。

「急ブレーキは禁止！」

「ご、ごめん」

頬を膨らます花紗音に謝り、再び歩き始める。

腕に、胸の感触が判を押されたようだった。

花紗音の口からセックスなんて言葉が飛び出てきたのもショックだった。いや、和寿とそういうことをしているのは間違いないんだけど。そんな目で花紗音を見るわけにはいかない。落ち着け、落ち着け。言い聞かせて、疼きを抑える。

「畠山くん」

「は、はい。何？」

「私のどんなところが、強いって思うの？」

機嫌を損ねてはいないらしく、一安心する。

「なんていうか、芯が強いし」

「……そうかな？」

「授業態度もだれより真面目だしさ。いつも笑顔で健気な感じに生きるのって、尊敬できるから」

言葉が返ってこなかった。心細くなる間が開いた。僕は白々しいトーンで言う。

「ほら、もうすぐ着くよ。和寿んち」

「そうだね」

和寿のことは忘れた、と口では言っているけど、僕の冗談半分、いや冗談九割だった「仕返し」に花紗音は乗ってきた。正直仕返しというより八つ当たりに近い。でも実は未練を断ち切るためにアクションを起こしたいのかもしれない。くだらない行為でも。だったら僕は友達として手伝うまでだ。

「驚くかな、和寿」

「驚くだろうね」

僕は駅前のスーパーの袋を掲げた。中身はパックに入ったトマトとミニトマトだ。とにかく赤々している。

トマトは和寿が一番嫌いな食べ物だった。食感も匂いも苦手だと言ってはばからない。ピューレであろうとトマトソースだろうと手をつけない。だから仕返しには、トマトを和寿のポストに詰めるという、本当にしょうもない嫌がらせをすることにした。物を壊したり怪我をさせたりするよりはよほど安全ではある。

和寿のアパートは二階建ての一階で、各部屋の郵便ポストは一階のエントランスに並んでいた。和寿はバイトの時間だけど、他の住人に見つかったら咎められてもおかしくない。

僕たちは周囲の人気がないことを確認した。共犯同士の笑みを交わし合ってからスーパーの袋からトマトを取り出す。一〇五号室のポストを花紗音が開いた。番号で解除する仕組みのポストだけど面倒くさがりな和寿は設定していないんだ、と花紗音が言った。

　ポストにはチラシが溜まっていた。ちゃんと取っていないのも和寿らしい。まずはパックを開けてミニトマトをポストにぶちまけた。その上に大きなトマトを次々載せる。

　我ながら何をしているんだろう、と呆れながら、真っ赤なトマトの山を崩れないように整える。花紗音が楽しそうに言う。

「イタリアのお祭りみたいだね。トマト投げ合うやつ」

「あれはスペインだよ」

　僕はポストの蓋を慎重に閉めた。花紗音は僕の腕に再度手を添える。

「トマト、トマト、真っ赤なトマトを届けるよ、君のポストへ」と、陽気なメロディーを花紗音が口ずさむ。「何の歌」と聞くと、「即興」と返事が返ってくる。笑い声が、とても近い。

　一つ余った大きなトマトを花紗音がポケットに入れた。和寿の反応を見られないのは残念だけど、退散することにした。

　離れようとした時、目前のドアから男が出て来た。思わずぎくりとした。黒いパーカーを着た男は僕とは違うベクトルのこわもてで、岩のようにごつい体をしていた。眉がなく、腕を埋めるようなタトゥーが入っている。何よりも理屈ではない、殺気だった空気をまとっていた。花紗音も察知したらしく、身をこわばらせる。男が舌打ちした。

「なんだてめぇら。あ?」

男がガラガラとした声をぶつけ、僕たちを睨んだ。瞬間、僕は花紗音の手首を掴んでいた。視力が悪い相手にするには不適切かもしれないけど、考えている暇がなかった。細い手を引き、踏み出す。男から、アパートから一秒でも早く離れるために走った。


花紗音がつんのめった時、はっとして足を止めた。ふり向いても和寿のアパートは見えなくなるほど走っていた。

「ごめん」息を整える。「痛かった?」

花紗音がふるふる首を横に振った。こんなにも走らせる必要はなかったかもしれない、と僕は青ざめる。言い訳がましく、「なんか、怖そうな人だったから」と言った。

花紗音は胸に手をやって、「大丈夫」と言った。口調も表情も硬かった。和寿に変な仕返しをもくろんだ罰だろうか。

「ごめん、本当に……」僕は謝罪しながら、まだ汗ばんだ手をつないだままだと気づき動転する。慌てて離そうとすると、花紗音の指が拒(こば)んだ。

「まだつないでてよ」

それはドキッとするほど切ない声で、音が聞こえてしまうんじゃないかと心配なほど胸が疼いた。

「ドキドキしたね」

悪戯っぽい笑み。心臓の鼓動が全身に轟くほど大きく鳴った。

「なんてね」

笑い声とともに花紗音が手をほどく。僕は唖然として空になった手を引いた。

息を吸うようにからかわれて、僕は時々無性に苛立つ。わかっている。人のせいじゃなくて自分の責任なんだってことは。でも、今は我慢できなかった。

「そういうのやめろよ！」夜道で僕は自分でもびっくりする声量で怒鳴っていた。「ドキドキなんてしないし、僕は……」

虚を突かれたような顔で花紗音は僕を見ていた。さっきまで傷つけないことばかり考えていたのに、今は無性に傷つけたかった。

「僕は花紗音を元気づけたくて一緒にいるんだ。……いつも強い花紗音には必要ないかもしれないけどさ、なんとなく、やっぱり和寿のことで落ち込んでると思ったから。でも全然そんなことなかったんだろ。僕をからかって、暇つぶしができてラッキーぐらいに考えてる。彼氏と別れ話したばっかりで異性の、友達をからかうのは、ふつうじゃないよ。しょ、小説だったら、無神経で嫌われるキャラだよ花紗音。読者に共感できないって言われる」

言い切ったというより、言葉の弾丸が尽きてしまった。果てしなく格好悪い自分を、俯ふ瞰(かん)している自分がいた。別れ話の場にいることを受け入れたのも僕だし、カラオケについていったのも和寿への仕返しを提案したのも僕なのに。当たり散らしている。

花紗音は無言で、白杖をわきに抱えた。おもむろにポケットに手を入れ、トマトを出した。

がぶり、と一口、かみ砕く。

この局面でトマトを食べる意味がわからず狼狽(ろうばい)する僕に、花紗音はゆっくり歩み寄った。トマトを持った右手を、僕に差し出す。液がしたたるトマトを僕は右掌で受け取った。瞬間、花紗音は僕の右手の指を左手で折り曲げた。両手共にぐっと力をこめる。花紗音の手でプレスされ、僕の手の上でトマトが潰(つぶ)れた。僕は息を吞んだ。

「ふつうじゃないから、無神経だから、私。悪い？」

手の中のトマトのように胸が潰れた気がした。花紗音が口角を上げた。

「目が不自由なのに真面目で勉強熱心。目が不自由なのに彼氏に浮気されても笑顔の強い子。だから畠山くんは尊敬してくれてるんだよね。もし目が不自由じゃなかったら、ただの無神経な面倒な奴って、思うんでしょ？」

ナイフみたいに鋭い声に体が震える。

「和寿は私を弱い人にしたがる。弱いはずの私がイメージと違うことをしたから苛立った。畠山くんは強い人にしたがる。でも今日みたいな夜、強いのは無神経だって言う。なんで？　どっちでもないよ。私。私は人の思い通りになんて生きられないっ！　今夜なんで畠山くんといるかって？　そんなの……──」

言葉を飲んだ花紗音は僕から離れ、トマトにまみれた右手を鬱陶しそうに見る。

ごめん、と言いたかったのに、にじみ出たのは言葉じゃなくて涙だった。

「畠山くんが、やさしいんだってことはわかってるよ」

「違う」

今度は声が出たけど、弱くてスカスカだった。言葉がほしいのに、出てこない。小説家のくせに、何も出てこない。

僕のふがいない沈黙が、花紗音に落ち着きを取り戻させたらしい。

「私、支離滅裂だね」ハンカチで手を拭う。「本当にパニクってて……ごめん」

ふっくらとした唇が「ん」の形をした時、僕は自分の唇を重ねていた。

半年間ずっと好きだった人に。

言葉が出なかったのだから仕方なかった。

人生で初めてのキスはトマトの味がした。

鴻上優紀　21：17

　その家は河川敷の野球場がよく見える場所にあった。川からの風が冷たく心地よい。だがいささか近すぎて水害が心配になる。水害はまだしも夏場は虫が湧いたりしないのだろうか、と私は余計なことを考えた。

　通報者は家の住人である初老の男性で、二十時四十分頃に帰宅したら窓ガラスが割られていたという。

「泥棒がいるのかと思ってもう怖くてさ」

「無理もないです」

　飯島が慰める。

「でもなんなんだろうね、これ」

　男性は幾度も首を傾げているが、私と飯島も同意見だった。

　男性の家からは何も盗まれていない。というより、何者かが侵入した形跡がなかった。庭の外から窓に石が投げられたのだ。当然れっきとした建造物等損壊罪だ。男性には被害届を提出してもらう。ただ問題なのは、石と一緒に投げ込まれたものだった。

　投げられた石に輪ゴムで括りつけられていたカード。どう見ても、名刺である。

近所の聞き込みに回ったが目撃証言はなかった。付近には不審者の影はもちろん防犯カメラもない。

「手がかりは名刺だけですか」

「そうね」

石と投げられたのは、小鳥の絵がデザインされた美容師の名刺だった。アリシアという美容室の店名、滝山郁美（たきやまいくみ）という美容師の名前が書かれていた。

「まさか犯人、じゃないですよね」

飯島が唸るように言う。自分の名刺を石にくくりつけて民家に投げ込むというのは不可解極まりない。家の住人に確認したが滝山郁美という人間に心当たりはなく、アリシアという美容室も全く知らないと断言した。

「ひとまず行ってみましょうか」名刺の住所からするとアリシアは車で数分だ。「電話してみて」

営業時間は九時まで。過ぎているが、美容師が片付けや練習で残っているかもしれない。飯島が電話をする間、私は懐中電灯を手に今一度家の周囲を探索した。屈んで地面もライトで照らすが、犯人の痕跡（こんせき）はない。荒川の向こうにそびえているスカイツリーは、犯罪を目撃しながらも物言わぬ神にも見えた。

アリシアにアポイントが取れた。郁美はまだ店にいるらしい。

ほどなく所轄の千住警察署の地域課署員と鑑識が駆けつけた。名刺と石の指紋採取、被害者対応の引き継ぎを行ってから、私と飯島は滝山郁美の聴取に向かうことにした。

真中美夜子　21：20

「覚せい剤を押しつけられた!?」

思わず声が大きくなってしまった。

いいタイミングでカン・ウジンくんの休憩が始まったので、「今日、なんかあった？」と声をかけてみた。

するとカンくんの口から、出勤途中に降りかかった厄介事が語られた。ぶつかった女性に絡まれたうえ、危うく覚せい剤所持の濡れ衣を着せられそうになったという話だ。

「びっくりしました」

誤解は晴れたとはいえ、人のいいカンくんの表情にはまだ憔悴の色が残っている。

「ひどい奴がいるね」わたしは言う。「えっと……じゃあ今日は、無理しないでいいから」

「でも仕事、ちゃんとしないとだめですよね」

「いや、し、仕方ないよ」

カンくんは申し訳なさそうに首を横に振る。こういう時に、適切な言葉が選べない自分の不器用さが、好きじゃない。気遣うつもりだったのに、正しい同情が表現できない。蓮なら上手いフォローができるのに。

「ごめんね」

無意識に、謝ってしまう。

カンくんは意外そうな顔をした。それから「すいません、ありがとうございます」と微笑んでくる。

「えっ。ああ、まぁ……。警察の人も謝ったんだ?」

「警察の人にも、謝られました。不思議。謝ることないのに」

カンくんはポケットから名刺を出した。

「その警察の人のです。女の人で『何かあったら力になる』と言ってくれました。いい人」

見せられた名刺には、『鴻上優紀』とあった。数秒間わたしは名刺を見つめて、頷いた。

「そっか。いい刑事さんだったんだ?」

「はい」とカンくんは微笑む。

固まってはいられなかった。わたしはちょっとぼーっとしたまま、ホールに戻った。退勤まであと何分だろう、と時計を見やる。

鴻上優紀　21:25

時刻は二十一時二十五分、アリシアに到着した。白を基調としたシンプルな作りの美容室で、席は六つある。

残っていた美容師は店長の女性と、滝山だった。店長は私たちが本物の警察かかなり怪しんでいたらしい。身分証を提示してようやく一息ついた様子だった。

「郁美ちゃんに付きまとう変な輩(やから)かと思って。すみません」

滝山は私たちが自己紹介をしても表情がこわばったままだ。艶のある長い黒髪と切れ長の目の持ち主だった。年齢は勝手に想像していたより上で、三十前後と見える。

「この名刺なんですが」

私の言葉に合わせて飯島がスマートフォンに名刺の写真を表示させた。滝山は硬い表情のまま目を落とした。

「あたしのです」

「今夜、こちらの名刺が石にくくりつけられて民家に投げ込まれました」

「石……？」

私は現場の住所や詳しい時刻を告げながら、滝山を観察した。私より背が高いのに、首をすくめ上目遣いになっている。

「心当たりはありませんか」

「ありません。その時間はお店にいましたし」

「この名刺、担当されているお客様たちに配っているんですよね？」

「はい」

「最近、何かトラブルになったお客様などはいらっしゃいませんか」

滝山はかぶりを振った。

「ないですよそんなこと」と店長も擁護する。

「お店の外ではどうです？　どんな些細なことでも構わないのですが」

「ないです」

滝山は言下に答えてくる。私は微笑んだ。

「わかりました。お疲れのところ、お時間を取らせてしまって申し訳ございませんでした」

「恐れ入りますが最後に指紋の採取にご協力願えますか」

飯島が言うと、滝山は一刻も早く終わらせたい、という素振りで頷いた。

何か思い出したら連絡を、という定型句とともに自分たちの名刺を滝山に手渡す。私は最後に店長に会釈して聴取を終えた。店長と滝山も帰宅するというので同時にアリシアを出た。

車に戻ると、開口一番飯島が「怪しいですね」と言った。

「隠し事がありそうね」

「でもアリバイは完璧(かんぺき)です。だれかを庇っているとか？」

「憶測はいくらでもできるわ」

感情を隠す努力をしない飯島はむすっとした顔になる。

「どうします？　初動捜査としてはやることやりましたけど」

滝山の報告を所轄にしたうえで、パトロールに戻るのは無難(ぶなん)な手だった。継続的な捜査は機捜の役割ではない。ましてケガ人も盗まれたものもない建造物等損壊罪だ。被害者には気の毒だが、重大犯罪の類ではない。

エンジンをかけようとした飯島を制止した。

「主任？」

顎で前方を指す。帰路についたはずの店長が駆けてきた。

私は助手席を下りる。店長が何か話したがっていると感じ、別れ際、おじぎをするふりをして目配せをしていたのだ。気づかれなければそれまで、という淡いサインだったが、受け取ったらしい。

「何か？」

「すみません、一つだけ」店長は早口で言った。「最近、郁美ちゃんに変な男が付きまとってたんです。もとは客で。半年ほど前から郁美ちゃんの担当に。皆が心配してたんですが、本人は問題ないからと」

飯島が素早くメモを取る。

「男の名前はわかりますか」

「中西という名前です。写真もあります」

店の近くで男に怒鳴られている滝山を見て、被害の証拠になるのではと隠し撮りしたらしい。

「写真を送ってください。滝山さんには内緒で大丈夫ですので」

店長はそそくさとスマートフォンを操作し、私のスマホがメールを受信した。添付ファイルを開く。滝山に激しい形相を向けるジャージ姿の男が写っている。

「ご協力ありがとうございました」と頭を下げると、「よろしくお願いします」と言って店長は今度こそ帰路についた。

助手席に戻り、スマホを飯島にも見せる。記憶の保管庫に一致する顔があった。

「中西大祐(だいすけ)」

私がつぶやくと、飯島が驚いた顔をした。

「手配犯ですか?」

「名取会の若手。組対時代に見たことがある」

「暴力団員?」

「もとはフライ級ボクサーだったけど、傷害事件を起こして極道入りした威勢のいい男」

「ずいぶん詳しいですね」

飯島が感心したように言う。

「三年前、組対から異動する直前に追ってたのが名取会と、彼らの上にいる不破組だった」

とうとう摘発はできなかった。だが、私の異動直後にわかに不破組が捜査のメスを入れられ、弱体化している。

私は千住警察署に連絡した。投げ込まれた石と滝山の名刺から採取した指紋を、中西のものと照合するように依頼する。中西は傷害の前科があるため指紋は警察のデータベースに残っているはずだった。

「でも、滝山さんとトラブルがあったとしても、名刺を民家に投げ込むっていうのは、嫌がらせとしてずれてる気がしますが」

電話を終えた私に飯島が言う。

「同感よ」

「なんでやくざと付き合っちゃいますかねぇ」

「知らなかったのかも。礼儀正しく紳士的なやくざは多い。彼らには自分たちが必要悪だという自負があるから」

「だれが必要としているんでしょう」

飯島がぼやいた。答えはわからないが、自分たち警察は必要善でなくてはならない。その意志は確固たるものだった。

畠山瑛隼　21：30

絶対悪だ。僕は取り返しのつかないことをしてしまった。

僕が花紗音にキスをするなんて、あってはならない、犯罪だ。重大犯罪だ。直前のカラオケで、同意のないキスをしていいのか、なんて考えていた自分が、まさか。

二秒足らずのキスが終わり、花紗音は無言で白杖をつき歩き始めた。怒っているのか、失望しているのか、あるいは僕を怖がっているのか見当もつかなかった。

数分で高田馬場駅に到着する。花紗音は西武新宿線の改札前に立つ。腰巾着みたいについてきてしまったけど、僕はJRだから、ここでお別れだ。

「中井駅って知ってる？　私の最寄駅。静かなところ」

話しかけられたことにまずは安心する。

「いや、行ったことない」

せわしない人通りで落ち着かない改札前で、花紗音が僕をふり返って言った。

「来る？」

さっき「まだつないでてよ」と言った時と同じ、せつない表情と声音だった。いや、僕が勝手にそう思い込んでいるだけだ、と沸騰した自分の頭に言い聞かせる。言い聞かせたのに、僕はふらふらと改札をくぐっていた。唇の柔らかさとトマトの味が蘇り、舌が痺れる。

キスしたこと以上に、僕は花紗音に投げつけてしまった言葉を恥じていた。僕は、僕だけは、花紗音を色眼鏡で見てはいけなかった。見ない自信があったのに。

――小説家って聞いて、ふつうじゃないなこいつ、とか、思わない？

出会ってすぐに僕は訊ねた。高校時代、同級生を見下していた後悔と、空想の物語でしか自分を繕えないことに失望を抱えていた。

『放課後は虹と消える』の中で書いたフレーズがある。「恋は伝えなくても成立する。伝えないと意味がないのが愛だ」というセリフ。読者レビューでも「心に響きました」とか、「グッとくる言い回しで、家族への感謝を言葉にしようと思った（笑）」とか、高評価のセリフだ。

けど、僕にとってはその高評価が、恥ずかしい。

このセリフを考えついたのは、「愛以外の感情は伝えなくてもいいんだ」と自分に言い聞かせたかったからだ。恋とか友情とか、そういうのは全部、自分に縁がない。なぜなら人と関われないから。でも、感情は抱え込んでいても許される。自分の中だけで言葉にして完結して、納得すればいいんだ。そう思い込みたくて、きれいな言葉で飾り付けた。

本当は自分の声で、人に伝えたいことばかりだったくせに。

卑屈になっていた僕は、だから花紗音に質問した。ふつうじゃないと思わない？　と。

——この目、ふつうじゃないなこいつ、って思う？

遮光眼鏡を指さした花紗音にそう聞き返された。僕は容易く言葉に詰まってしまった。

花紗音は唇を突き出してから、柔らかく微笑んだ。

——ふつうじゃないよね。ふつうじゃない者同士、仲良くしようぜっ。

その微笑みを向けられて惚れないなんて、無理だった。

二駅で中井駅に到着した。電車の中でも会話はなかった。いつもしゃべり好きな花紗音が無口なのは、火を見るよりも明らかに僕のせいなのだけど。

初めて降り立った中井駅の周りには、昔ながらの小さい商店街と、まばらにファストフード店があるだけだった。夜風が強く吹く。秋の風だった。

「風、涼しいね」

僕は言った。話題に困った時、自然に頼るのは人間の性だ。花紗音は瞼を閉じる。

「風を感じる裏技」

そう言うと、結わえていたポニーテールをほどく。夜風に髪が共鳴するようになびく。

駅前の広場に花紗音は佇み、僕は隣にいた。これからどうするの、と切り出した方が負け、みたいな空気があった。僕の動悸は激しくなる一方で、掌は汗ばんでいる。

視線を逃がそうと空を見上げる。けど、僕たちの頭上には幹線道路が走っていて、視線は跳ね返された。もっとも夜空の月が見えたところで、気の利いたセリフを僕は言えない。

お父さんと、と花紗音が切り出した。

「お父さんと、仲が悪くて。私」

意外な話題だったし、家族と仲が悪いというのもイメージになかった。でも言われて納得することもある。知り合った当初、僕は花紗音を苗字で呼んでいたけど、下の名前で呼んでほしい、と頼んできた。父親嫌いなことと関係あるのかもしれない。

「うちのお父さん大学に行くことにも、一人暮らしにも、猛反対して。言ったの。おまえがふつうの生活できるわけないんだ、って」

「心配なのもわかる気するけど、そんな言い方はひどいね」

「仕事ばっかりで、私の世話なんてお母さんに頼りっぱなしだったのに。私が出て行こうとしたらそういう態度になったの。ああそうだ。中学時代に最初の彼氏ができた時もうるさかったな。ずるくて、本気で勝手だなって思った」

なぜ父親の悪口を今、話し出したのだろう。っていうか彼氏は中学時代からいたんだと、軽いジャブを受ける。僕のイメージでは和寿が初めての彼氏だった。勝手なキャラ付けをしていた自分がますます恥ずかしくなる。

「私は不自由な体で、自由に好きなことをしたかった。和寿と上手くいけば、お父さんを見返せるって、どこかで思ってたのかもしれない」

胸の内をさらけ出されるほど、胸が痛む。

「私、上手くいきそうだから和寿の告白をオッケーした。和寿、大事にするって堂々と言ってくれたから。バカだった。本当に好きな人にぶつかるべきだったのにね」

「本当に好きな人？」

驚きに声が裏返った。和寿の他に、好きな人がいたってことか？

花紗音が僕に向かい合い、下唇を噛んだ。顔を薄っすら赤くして、僕を見上げる。

「畠山くんのことが好き」

短く言って、彼女が笑う。自分の馬鹿さに笑うように。

「ごめんね」

僕は首を横に振った。

その動作で精一杯だった。生まれて初めて告白された。その衝撃に体が震えていた。しかも、告白してくれたのは、僕が好きな人だ。

「……僕も」声が掠れる。「僕も花紗音のことがずっと……」

顔どころか全身が熱を帯びる僕を冷ますには、秋風では力不足だった。

「僕も、かっ、花紗音の……ことが」

ストップ、と花紗音が掌を向ける。

「ストップ、それ、ストップ」

告白にストップ制度があるとは知らなかった。僕は激しくうろたえる。

「待って畠山くん。何を言おうとしてるわけ？」

「す、好きだって」

めまいがする。言ってしまった。

「さっきの、キスで、自己暗示がかかっちゃったんじゃない？　ほら。空気のせいで」

「違う！　僕は、君が和寿のことが好きだって思ってたから」

問うまでもなく、めめしい。でもさっきのキスが勢いだと誤解されたくはない。

僕は思いを募らせて、ぶつける勇気を見いだせなかった。唇を噛んで僕を見る花紗音を見返し、懺悔するつもりで言う。

「実るわけないと思ってたから、花紗音をモデルに書いてた」

「え？」

「今、リュックに入ってる小説」僕は目をぎゅっと瞑った。「ヒロインは花紗音がモデルなんだ。勝手にモデルにして、都合よくイメージを膨らませて……」

自分を投影した主人公と付き合わせた。現実には叶わないから。現実には踏み出す勇気がないから、小説の中で僕は彼女と恋を実らせた。

「喫茶店で初めて話したのだって、いつも花紗音が座ってた席の近くでわざと小説を書いてたんだよ。気持ち悪いだろ？」

洗いざらい、話す。和寿の友達としてではなくて、秘密の関係がほしかった。小説の主人公とヒロインみたいに。

「だから言ったんだ。僕は中身がなくて、プライドが高くて、臆病なだけの」

「どんなふうに書いた？」

花紗音の声が僕の自虐を遮る。拒絶される覚悟だった僕は目を見開く。

「私がモデルのヒロイン」花紗音は俯き加減で唇を噛んでいる。「どんな描写？　言ってみてよ」

「……艶やかな髪で、ふっくらした唇が魅力で」さっきのキスの感触が蘇る。「みんなは真面目で健気だと思ってるけど、実際は毒舌でわがままで、腹黒いこと、僕は知ってる。僕のダメなところも笑い飛ばしてくれる。そういうところが……」

地球上のすべてのエネルギーを喉に集める気合で、言う。

「そういうところが、全部かわいい」

花紗音が顔をそむけた。ドキッとして、僕はたまらなく抱きしめたくなる。ドキッと、なんて気取った表現だ。はっきりと、そういう欲求を覚えた。ヘイズコードに規制されること。

悟られたら死にそうだ。

花紗音は自然に僕のシャツの裾を摑んで、こっちだよ、と言って歩き始めた。僕は道案内を聞きながら、半歩先を歩く。崖下を流れる妙正寺川に沿って歩けば、大雑把な人間が敷き詰めたような住宅地になった。踏切を越えたところで僕は夜闇に目をこらす。道の向かいに長い上り坂がある。「三の坂」と立札に書いてある。「一から八の坂まであるんだよ」と解説する花紗音に「へぇ」と頷き、三の坂の前を右に曲がり、一分。シャツの裾を摑んでいた指に力がこもった。立ち止まる。目の前に小さなマンションがあった。

「二階の角部屋が、私の部屋」

「……うん」

「上がってく?」

上がって、お茶でもいただいて、帰ればいい? ……馬鹿か。

「私がモデルの小説を書くんでしょ。取材、してけば」

僕から離れて、彼女は階段に向かう。引き返すか、ついていくか選択肢を与えられた僕は、後者を選んだ。

春日井充朗　21：35

『腹くちい』を出て、大門駅に向かいながら、おれは隣を歩いていた内田くんに話しかけられた。

「さっきはすみませんでした。酔っぱらいみたいなことして」

「みたいな、というか本物だったよ」

「平凡ですよね。僕らって」

脈絡を無視していきなり何を言い出すんだ、という目を向けてみる。

「ローマの休日の話してたじゃないですか」

「内田くん、知らなかったでしょ」

「トイレに行った時にググりました。あらすじだけで感動っすよ」

「ファンとしては喜ばしいのか悲しいのか、微妙だよ」

おれは皮肉に言ってみたのだが、内田くんは気にしない。

「家出した王女と一日冒険するなんて、めっちゃ刺激的じゃないですか」

「刺激？」

「刺激、足りてないなぁって。ジャンルは問わないから、自分の人生にそこそこの事件が起きてもいいのになぁって。幸せな結婚生活はその先にあるのかもなって」

事件なんて起きないに越したことはない。おれは心からそう思いながら、同情的に笑ってみせた。

きっと今この瞬間、おれたちの知らない世界ではたいそう刺激的な事件が起きているのだろう。おれの中では死んだことになっている父も生き生きと、血の抗争でもしているのかもしれない。その先に幸せはないはずだ。

不謹慎な想像に、ため息が出る。

千葉に住むおれの母はおれが四歳の頃には父と別れていた。だが父は何度かおれや母に会いに来たことがある。

一度だけ、父のバイクに乗せてもらったことがあった。九歳ぐらいの時だったか。

――超気持ちいいから覚悟しろよ。

父の背中も、バイクのシートも熱かった。ということは季節は夏だったんだろう。

体を震わす排気音とともに、おれの体は自動的に加速した。父の鼻歌と、歳不相応な煙草の匂い、夏の粒子がほとばしった風。

鮮明に覚えている。

　やがて潮風に変わった。おれたちは海に行ったのだ。息子を砂浜に連れてきた父は、楽園にでも案内したかのように満足げだった。

　砂浜におれたちは足跡を残した。

　父を思い浮かべ、憎む時に、おれは波に消される二組の足跡を思い出してしまう。波の音と海鳥の鳴く声も。

　後ろ髪を引かれるような記憶の断片だった。

　口惜しいことにその断片のせいで、骨の髄まで憎み切れないのだ。

「どうかしましたぁ？　春日井さん」

　内田くんの声で我に返る。

「いや、刺激はほどほどでいいよ、おれは。微炭酸ぐらいで」

「微炭酸ライフってことですね」

　内田くんはしみじみ頷く。微炭酸ライフとはなんなのか、いまいちわからなかったが、

「そのとおりだよ」とおれは答えている。

　春日井くん、と後ろから声がかかった。石渡さんだった。内田くんと入れ替わるようにおれの横に並ぶ。

「ちょっとさ、付き合ってくれない？」

人差し指と中指を立ててくる。

「ラブアンドピースですか？」

「煙草だよ」

「ぼく、吸わないですけど」

「構わない。話があるんだ」

「新手のパワハラですか」

「なんでだよ～」

副流煙被害のリスクと、珍しい石渡さんの真剣な懇願(こんがん)を秤(はかり)にかける。おれは後者を選ぶ。八方美人は努力家、と言ってくれた記憶が真新しいにもほどがあったのだ。

鴻上優紀　21：40

千住警察署から折り返しの電話が来た。指紋照合の結果は、投げ込まれた名刺についた指紋の一つが中西の指紋と一致したということだった。当面、中西が有力容疑者だ。あとは所轄の仕事だろう。

「今度こそパトロールに戻りましょうか」

「そうね」

異論はなかったが、「南千住のほうを経由して」と伝える。

「南千住に名取会の組事務所がある」

「乗り込むんですか」

エンジンをかけながら言う飯島に呆れた目をしてみせる。

「そんなわけないでしょう。事務所の近くに中西がうろついていれば儲けもの。評価上がるわよ」

皮肉な響きになってしまったかと、言い終えてから自己嫌悪が芽生えたが、飯島は「いいですね」と不敵に笑った。

飯島の運転で再開発の進むマンション街を走っていく。目的地が近づき、飯島が減速する。見えてきた名取会の組事務所は、一見ただのオフィスビルだ。清潔感があり、外灯も煌々としている。

外見から変わった様子は見受けられない。当然、中をうかがい知ることはできなかった。

「とくに異変無しですかね」

都会に潜む暴力団事務所はみるみるうちに遠ざかった。

志田正好　21：44

現在の名取会の構成員は四十人弱。決して大きな組織ではない。

暴対法施行後二十年余り、フロント企業のシノギと、他の組織との共同運営で命脈を保つ時代が続く。ここ八年ほどは都内で勢力の強かった広域暴力団、不破組の傘下に入ることで組織は安定していた。

だが、最近になって不破組が振り込め詐欺、違法薬物売買と立て続けに捜査のメスを入れられた。親組織が弱体化したことで名取会も状況が大きく変わった。

名取会は不破組の子会社として覚せい剤を取り扱っていた。名取会長は不破組の危機を察知するや否や、市場流出前だった覚せい剤を確保した。警察の手が伸びるすれすれにできる限りの品物を不破組から掠め取ったのだ。この判断は大半の幹部にも内密の、名取会長の独断だった。

名取は若い頃から秘密主義のワンマン経営者として名を馳せていたが、慎重にして豪気な手腕は折り紙付きだった。

不破組の覚せい剤は名取会の看板を持たない下請けに捌かせ、上前をはねていた。ばれれば警察どころか不破組の残党にも狙われる危険な賭けだ。平和島の倉庫の在処は、名取と一部の選ばれた担当者にしか知らされていない。いわば会長の個人的副業なのだ。万一摘発を受けても、茶木たちに累が及ばないようにしている。

——泥船を茶木に残すわけにはいかん。

酒の席で名取がそう言っていたのを、俺は聞いた。三日前、倉庫を案内され業務を引き継がれた後だ。

跡目の茶木に残す組織体制を盤石にしたいという親心だった。

——茶木は、人心掌握は天下一品だが、薬には向いてねぇ。そこは親の俺の仕事だ。

高級なブランデーを呷り、やくざの頭目は、嬉しそうに語っていた。

カーナビが目的地周辺を告げる。プリウスをコインパーキングに停める。運転は俺がしていた。助手席には鴨居がいて、組んだ膝を貧乏ゆすりしている。

「探索班の連絡はなしか」

「残念ながら。まもなく時間です」

腕時計を見る。時刻は二十一時四十分。指定場所は池袋の西口公園、噴水前だった。繁華街ど真ん中だ。徒歩圏内に池袋警察署もある。衆人環視の場所で人質と覚せい剤を交換すると思うと、緊張に吐き気がする。

同行を望んだ双海はけっきょく平和島待機になった。傷口が開いて動けなくなったのだ。

「兎、今ちょっとビビってるか」

鴨居が不意を討った。

とっさに「いえ」と答えると、笑われた。鴨居の屈託のない笑みは、四十路(よそじ)過ぎの極道ではなく、高校生ぐらいの悪ガキに見えるのが不思議だ。

「ごまかすな。最近ようやっとわかってきたんだよ。ポーカーフェイスなおまえが緊張してる空気が。ほれ」

ガムを渡してくる。受け取りつつも「武者震いです」と俺は表情を動かさずに言った。

おととし、鴨居の紹介で、組に足を踏み入れた。以来、俺は組織で名を上げるため、鴨居とともにいくつもの仕事をこなした。覚せい剤の売人の管理から、金持ちの接待まで幅は広い。もちろん暴力沙汰(ざた)もだ。長年鍛(きた)えた空手と柔術の実力を俺は隠さなかった。

「ははっ、言っとくけどな、俺もビビりまくりだ。ただのゴロとは毛色がちげぇしな。こんなのは何年ぶりだろうな」

俺は横目で興奮気味の鴨居を見やった。

鴨居は十代で東京東部の暴走族に入り、バイクと喧嘩の腕でヘッドに上り詰めた男だ。二十一歳の時に一度足を洗い、バイクショップで働き出す。その頃に結婚したのだという。だが数年後、飲み屋でチンピラ相手に喧嘩をし、逮捕されたことがきっかけでやくざの道に入った。以来二十年近く極道を貫いている。

「おまえも暴れるのは数ヵ月ぶりだろ。だれかを殺るのは不破の親父以来か」

俺は一年以上前の心臓が縮まる出来事を思い返し、「そうですね」と短く答えた。

「好きに暴れたいもんですが、奴らがすんなり若頭を連れてくるとも思えません。ともかく行きましょう、鴨さん」

「ああ、必ず救おうや」

鴨居が言った。

――兎、って名前にしよう。

入ったばかりの俺に組内でのあだ名をつけたのは茶木だった。

――かわいいだろ、兎。鴨と兎のコンビでやってけよ。

やくざにしては優男に見える外見だった。常に笑みを浮かべており、声を荒らげることも少なかった。だが俺は茶木の危険な能力をかぎ取った。

――兎、おまえにはとてつもない信念が見える。

茶木の視線は相手をまっすぐ、射貫くように捉える。

――おまえは何を目指す？

動揺を見咎められては終わりだった。「高みです」と、俺は答えた。

茶木は組織を塊として見ない。鴨居が腕時計を壊した傍からロレックスを贈るなど、組員一人一人をよく見ていた。人心掌握の才は疑いようがない。

――おまえらがいりゃ俺はなーんも心配しねぇよ。

どこか穏やかな声音で、茶木はこんなセリフを組員たちによくこぼす。心にさりげなく染み込むように。絶対的な上下関係が物をいう極道において茶木の「人望」は強力な武器だった。今夜、だれ一人茶木を見捨てる案など口にしなかったことが全てを物語っている。茶木を失えば名取会は要を失うのだ。

俺と鴨居は二十キロの覚せい剤とともに夜の池袋に踏み出した。

春日井充朗　21：48

大江戸線大門駅の入口近く、屋外に設置された喫煙所で石渡さんがアイコスホルダーにヒートスティックを挿入する。電源ボタンを押す。時世柄うちの会社でも喫煙者は少数で、喫煙者も多くの人が加熱式に手を出している。

おれはパネルに囲われた喫煙所から大股五歩離れたところの柵に寄りかかっていた。石渡さんは数分間アイコスをふかしつつ、何やらおれに話を切り出す勇気を整えているらしく、また、想像以上に整えるのに時間がかかっている様子だ。

さすがに腕時計をちらちら見るのも失礼なので、おれはスマホのゲームアプリを開く。

いや、こっちのほうが失礼かと、しまう。

「春日井くん」

整いました、といわんばかりに石渡さんがこっちを向く。

「はい」と言って一歩前進する。

「春日井くんの家って、光が丘駅じゃない」

「そうですよ。パークタウンの近くです」

「パークタウン」

「パークタウンとパックマンて似てますよね」

「いや、似てないな」

「似てませんね」

「行こう」

そう言って、大門駅の入口を指差す。

「え？　石渡さんはＪＲですよね」

「実は、付き合ってほしいんだよ」

「恋愛対象は女性です」

「ははは、おもしろいよ、春日井くんは」

石渡さんはすでにずかずかと歩き出していた。おれも帰るには大江戸線なので付き従うしかない。

「一人だと行きにくい場所がある。家が近い君を利用して、そこに行こうとしているんだ」

潔く開き直るように、天を仰いで石渡さんは宣言した。

「やばいお店とかなら勘弁してくださいね」

念のためにおれは言った。やばいお店、のラインナップは一つも思い浮かんでいなかったのだが。

畠山瑛隼　21：54

やばい、引き返せ、と叫ぶ理性を無視して小さなマンションの階段を上りきる。部屋の一つが開く音がした。

出てきた男が「こんばんは」と花紗音に挨拶をする。続いた僕を見て、一瞬眉が動いた。

「こんばんは、レンさん」

レンと呼ばれた男は、ゆるいシャツに髭(ひげ)とパーマの、美容師か雑貨屋といった職業が似合いそうな男性だった。偏見だけど。

レンさんはドアを閉めて、僕たちの横を通り過ぎる。僕にも笑顔で「どうも」と気さくに挨拶してから、階段を駆け下りていった。

「レンさんは彼女さんと住んでるの。お似合いの二人で、憧れる」

話しながら花紗音は鈴のついた鍵を取り出し、レンさんが出てきた隣のドアに差し込んだ。あっけなく「どうぞ」とドアが開かれた。

続いて入るのをためらった。駅前で僕は帰った方がよかったんじゃないか。今日のところはそれでベストだったのでは。ゆっくり、順を追っていけば……。順、てなんだろう？

和寿のプレゼント。花紗音を幸せにできなかった男。息を吐く。三和土にスニーカーを脱いで上がる。電気のついていない部屋で、花紗音のシルエットはくっきりと見えた。外とは逆に、立ち尽くす僕の袖を彼女が引っ張り、部屋の奥に誘った。暗いけど窓からの明かりで薄っすらと家具が見える。

香水が鼻腔に入る。確か、オードトワレと言ったっけ。

「取材、何から知りたい？」

「な、な、何からって……えっと」

「知りたくないの？　私のこと。好きなのに？」

僕は彼女の部屋にいるという事実への緊張と高揚感と、まともに声が出ない情けなさに泣きたい気分とが混ざって、倒れそうだった。花紗音は「冗談だよ」と言い、壁の電気のスイッチに近づいた。僕は代わりにスイッチを押してやろうかと一歩踏み出し、スイッチの下にあるラックに目が止まった。低いラックの上にイヤホンが置かれていた。和寿の持ち物だった。忘れ物だろうか。いつでも取りにこれるからと置いてあるのか。

「和寿とはこの部屋でどうやって過ごすの？」

僕が発した低い声に、スイッチを探っていた花紗音の動きが止まる。訝しげに振り返る。

「この部屋で、和寿とは、どんなふうに過ごしてる？　好きじゃない彼氏とさ」

なぜか挑戦的な口調になっていた。自分で驚くほどの熱が体を走る。これが嫉妬というやつなのだろうか。

「そんなのを知りたいの」

困惑したように言う。その言い方になぜか苛々した。

「教えろよ。取材なんだから」

「いいよ」

花紗音の声から戸惑いが消える。次の刹那、暖かくて柔らかい物が僕の胸の中に飛びこんだ。言葉も息も詰まって、強気な僕はあえなく撃沈した。

胸の中で、彼女が息を吸って、吐く。シャツ越しに熱が、胸に広がる。花紗音の両腕が背中に回る。柔らかさと熱と、甘い香り。原稿の中では全部想像だった感触、温度。

「こんなふうに、いきなりハグすることが多いかな」取り乱す僕に対し、花紗音は冷静な声で言った。「そうすると、和寿は背中に腕を回してくれるんだけど」

僕はぎこちなく花紗音の背中に腕を回した。

「へ、へぇ。それから？」

「どうすると思う？」

僕の顔を見上げて言う。

「キスするとか」

「うん。あるね」

唇を重ねる。さっきより深く。心臓の音で、五秒数えてから離れた。乱れた呼吸を整えたかったけど、急に自分の口臭が気になりだして、僕は不自然に顔だけ背けて深呼吸した。

「か、和寿のことだから、あの、次は、彼女を放置してテレビでも見始める？」

「そうかも」

腕の中で彼女は微笑む。余裕の素振りを壊したい欲求が体を走る。

「でも、花紗音は、放置されたくないからきっと僕……和寿に甘えたり」

頷いた花紗音は僕から離れて、ベッドに座った。シャツが浮くほど鼓動がバクバクと波打つ。僕が隣に座る。また唇が重なる。花紗音の手が僕の頬に触れる。うっ、という声が出た。彼女に触られるなら、もっと整った顔立ちで生まれたかった、と思う。

少し冷たい手が質感を探るように僕の首を滑る。手探りで、似合わないシャツのボタンをゆっくり外していく。やがて右手がゆっくりとズボンのジッパーを開く。掌がボクサーブリーフの内側に侵入し、とっくに固くなっている性器に触れ、微かに震えた。僕は全身が震えた。

「和寿は、ベッドの横の引き出しを開ける」

ささやかれるまま引き出しを開けると、蓋の開いた小箱が目に飛び込んだ。コンドームだった。和寿と使っていた物の、残りだろう。僕は息を吸い、吐いた。

「それから、花紗音のことを押し倒すんだろ」

淡い気持ちだった。好きだからこそ触れることすら怖かったのに。

焦りや躊躇(ためら)いが霧散した。ワンピースの膨らみに掌を押し当てる。倒れる花紗音が吐息を漏らす。僕は覆いかぶさる。花紗音の指は慎重に僕の性器に絡んだ。指は合図もなく、快感を刻み始める。

志田正好　22：00

池袋西口公園の噴水前で、腕時計の針が二十二時を刻む。俺と鴨居はバックパックを背負い、数歩距離を取って立っていた。

人通りは絶えない。東京芸術劇場や駅ビルが間近にあり、学生から会社員まで人は様々だ。その中に十人の名取会の兵隊たちが溶け込んでいた。

歯がゆいのは敵であるレッドキャップ構成員の顔をだれも知らないことだ。末端のメンバーは掌握していたが、こんな大それた取引に三下を用意するはずがない。

『バス停に立っている男、怪しいぞ』

耳に挿したイヤホンに、鴨居の声がする。

『奴はシロです。ただの学生です』

景色に溶けている組員が答えた。

鴨居の舌打ちを耳に聞きながら、俺は視線を走らせていた。あまり目つき悪く突っ立っていて警察の職質を受けるわけにはいかない。適度にスマートフォンをいじるふりをしながら、周囲に目を配る。

『五分過ぎたぞ』

「落ち着いてください、鴨さん」

俺は直接ではなく無線に呼びかけた。

『短気なんだよ江戸っ子は』

「出身は市川（いちかわ）市でしょ」

『それを言うんじゃねぇ』

グダグダ言いながらも、鴨居は猛禽類のような視線で大通りを見やっている。ポケットに手を突っ込んでいるが、すぐさま木槌を引き出す臨戦態勢だ。

この一年、レッドキャップは対立する組織の人間の襲撃をくり返している。犯行現場には赤いニット帽を残していく。被害者の血に染まる形で。

『赤い帽子でも被ってきてくれねぇかな』

「斧を持ってですか」

『あ？　斧？』

数メートル離れた鴨居が耳に手を当て、ちらっと俺を見る。

「レッドキャップの名の由来は、おそらくイギリスに伝わる妖精です。真っ赤な帽子と鉄の長靴を身につけ、老人の姿をした妖精で、人を見れば斧で襲ってくるそうです。惨殺した獲物の血で帽子を赤く染めるらしいですよ」

『はっ。サンタクロースのモデルかよ』

「違いますよ」

なるほど、連中の妖精の名に恥じぬ残虐で怖いもの知らずな行為は、警察どころか暴力団にも波紋を呼んでいる。

名取会も組員が襲われたことがあったが、思い切った行動はとれないでいた。無法のやくざが無尽に暴れた時代は過去のものだ。司法による暴力団への締め付けは厳しくなり、荒事が表ざたになれば、あっという間に壊滅に追い込まれる。

今夜奴らの行動は迅速だった。中西を殺し、茶木の動画を送ることで、こちらに考える間を与えなかった。

だが名取がすんなりと取引に応じたのは、この機に反撃に出る目算もある。傍若無人な新興勢力の尻尾（しっぽ）を摑み、壊滅の糸口を探るには接触する絶好の機会。まさにピンチはチャンスなのだ。

『……おせぇな。おい、動きはねぇのか』

十分が過ぎて、鴨居が無線に声を荒らげた。周囲の見張りからも、本部でスマホを持って連絡を待つ名取たちからも、「動きあり」の報告はない。ざわざわと嫌な胸騒ぎがした。

真中美夜子　22：07

東京モノレールの浜松町駅北口前に、喫煙所がある。バイトを終えたわたしはフェンスで仕切られたその場所でバージニアエスに火をつける。艶消しのジッポで。ざわざわした妄想に挑む気持ちで。

些細なきっかけで芋づる式にいろんな記憶が騒いでしまっている。

封印していた過去が、ひょっこりわたしを攻め立てに来たのだろうか。

嫌な妄想が生き生きと体の中で動く。

蓮の待つ部屋に帰ればいいのに。スマートフォンで無意味にネットニュースを眺める。人気アイドルが大胆イメチェンという見出しを開けば、ばっさり髪を切ったという話だった。髪型を変えただけでニュースにされる人生は、良くも悪くも華々しいんだろう。

こうやって卑屈になる自分も好きじゃない。今夜は嫌いな自分に出会ってしまう。


昔、とくに十代半ばの頃、わたしは自分より人を嫌うのが上手だった。両親の功績だ。家事が嫌いな父と散財が好きな母は、双方の欠点をあげつらって頻繁に喧嘩をした。喧嘩、というと和解がセットみたいか。和解なんてなかった。罵詈雑言をぶつけ合って、疲れたら互いに譲歩する空気を醸し出して沈静化する。父も母も争いでは決まって、娘のわたしを味方につけたがった。

——美夜子、わかるだろ。

父はよくこう言った。

——正しいのはお父さんだ。身を粉にして働いている。社会に貢献しているのも、美夜子の好きなものをたくさん買ってあげているのもお父さんだ。美夜子が味方してくれないなんて、割に合わないだろう。

母はよく父を侮蔑しながら美夜子を抱きしめた。言葉はいらないとばかりに。

――今までもこれからもママと美夜子は、一つだから。

そうよね？　と目で訴える。

レフェリーか、相撲の行司か？　いや、わたしの意思なんて聞く耳は持たれていなかったから、さながらトランプのジョーカーだ。娘を手にすれば自分が正しくなると両親は思い込んでいた。紙切れ扱いされて親を愛せるほど寛容じゃなかった。

一番身近な大人を蔑めれば、あとは楽だ。父の不倫と、母の消費者金融への借金が仲良く重なった時期、わたしは家出した。

夜の東京には、自分と同じような仲間がたくさんいた。勝手に見下されて、けなされて、自分に絶望しないために他人に絶望するしかない仲間。

とくに親しい仲間でチームを作った。チーム名はイチゴイチエ。センスがあるんだかないんだかは議論の余地がある。互いを絶対否定しない、いつ集まっても、勝手に抜けても自由。でも一緒にいるうちは笑って過ごすのがルールのチームだ。

時に、寂しいから楽しい悪さをした。夜間の大騒ぎや落書きといった無意味な軽犯罪。仲間を傷つけた男や家族へのささやかな復讐。わたしの両親の行為に怒った仲間と家にこっそり侵入し、仕返しを企てたこともあった。わたしを苦しめた家を落書きで埋めつくす計画だった。

仲間と過ごす日々の延長線上で、わたしはユウに出会った。わたしは確かにユウに恋をした。

仲間以外の「他人」を、信じることができるようになったのはユウのおかげだ。ユウとの日々は、恋の形を借りたリハビリだった。

ユウは大人で、自分の信念を貫く人だった。仲間を責めないイチゴイチエのメンバーと違って、わたしの行動が間違っていたら厳しく叱る人だった。

そしていつも戦っているから、わたしよりよほど傷つく生き方をしていた。ユウを癒すことがわたしの生きがいになっていった。わたしはバイトを終えて、真夜中でも夜明け近くでもユウを待った。長い仕事を終えて帰ってきたユウを出迎えてそれぞれの好きな煙草を吸った。わたしはバージニアエス、ユウはマルボロ。吸い終わるとキスをして、肌を重ねた。当然だけどそれまでに幾度か経験した男たちのものとはまるで違った。手と手をつないで口づけを交わせば、くだらない世界のルールは朝露みたいに消える気がした。なのに、互いに求めれば求めるほど、埋まらない距離が浮き彫りになっていく。

同じ水槽で泳いでいても、水槽の真ん中に透明な壁がそびえている感覚だ。わたしとユウは壁の存在を知りながら相手の全てに触れようと望む。壁はいつしか水に溶けて、わたしたちを包む波に変わる。いくら望んでも幻想にすぎないのなら、幻想を強く望むだけだった。

煙草と汗の匂いの混ざり合うユウの腕の中がわたしの居場所だったし、ユウも同じだったと信じている。

今夜ユウを思い出してしまった。嫌いな「わたし」の記憶を引き連れて。ユウに救われた自分も、最終的にユウを捨てて離れていった自分も、大嫌いな「わたし」だ。

ユウが、嫌いなわたしが、今夜会いに来たことに何か意味はあるんだろうか。妄想を体から排出するつもりで煙を吐く。

春日井充朗　22：10

娘がいるんだけどさ、会いにくいんだよ。

濃厚な苦味を閉じ込めたエスプレッソみたいな口調で石渡さんが言う。

石渡さんがおれを誘って、というよりおれの帰り道に同行してきた理由は、娘さんのためらしい。一人暮らしを始めて間もない、父親である石渡さんのことを嫌っている娘さんだという。

「どうにも踏ん切りがつかなくて、迷ってたらさ、娘と同じ沿線に住む春日井くんがバイクの話なんてするものだから」

「バイク？」

「娘がまだ懐いてた時、ベスパに乗せて走ったんだ」石渡さんが遠い目をして、目じりをほころばす。「風が気持ちいい、と喜んでいてね。今のところ俺と娘の、一番の思い出なんだ」

おれの思い出と被りすぎだろ、と苦笑しそうになる。

家族にまつわるフラッシュバックに襲われていたのは、おれだけじゃなかったようだ。なぜ関係性が悪化したのかは聞いていないが、とにかくおれが背中を押す形で石渡さんを今夜大江戸線に乗せているようだ。

「今夜会う必要あるんですか」

「今日、娘の誕生日なんだよ」

「あぁ、おめでとうございます」

「ありがとう……って俺に言うなよ」

電車は国立競技場（こくりつきょうぎじょう）駅に停車し、規則的なスピードで走り出す。

「プレゼントは毎年欠かさず渡してた。今年はそんなわけで、顔も見たくないって言われてから顔を合わせてないから」

「仮面をつけていくっていうのはどうですか。マイケル・ジャクソンとか馬の頭とか」

「春日井くん、お父さん通報されちゃう」

それもそうだ。

「宅配便で送ればよかったじゃないですか」

「ううん……まぁそうだったな」

石渡さんは「思い当たらなかった」という表情をしたが、たぶん嘘だろう。誕生日プレゼントを渡しに行くという口実で、娘に会いたいのだと察する。深層心理というには浅すぎる心の水位で。

娘に嫌われている、というのがどの程度なのかは知らない。だが、おれは石渡さんより娘に感情移入してしまう。会いに来られても迷惑なんじゃないかな、と。

だっておれは父に会いたくない。

家族だから許すべき、なんて道理はない。許すかどうかは家族より前の、個人という単位の問題だ。少なくともおれにとっては。

とはいえ、おれの論理を石渡さんに押しつけて偉そうな苦言を吐くつもりはさらさらない。会社で見たことのない「お父さん」の顔をした悩ましい奮闘を応援するつもりだった。

「娘さんはもう寝ちゃってたりしないんですかね」

「夜更かしをよくしていると、妻に話しているようだ」

お母さんとは通じ合っているタイプか。

「ところでプレゼントって何を用意したんです？」

と訊ねると石渡さんは鞄をがさごそとやって、包装された細長い箱を取り出した。

「万年筆」

「万年筆？」

「そう」

「万年、ですか？　石渡さん」

「千年筆はないぞ？　春日井くん」

「鶴は千年、亀は万年」と唱えながら、おれは首を斜めに傾けて腕を組んだ。

「なんだ、言いたいことははっきり言ってくれ」

石渡さんが鼻を膨らます。

「いやぁ、大学生の娘さんが、万年筆って使いますかね？」

「いつか使うだろう」

いつかっていつだ、とはあえて言わずおれは頷いておく。

「メッセージカードも添えた」

気恥ずかしそうな声で言う。メッセージカードさえあれば万事オーケー、とでもいいたげな口調だった。電車はまもなく新宿に到着する。

志田正好　22：16

指定の二十二時を十五分過ぎた。敵は西口公園に現れないどころか、連絡もしてこない。

険しい表情の鴨居が近づいてくる。

「奴らなぜ出てこねぇんだ？　俺らをおちょくってんのか」

ロレックスの文字盤を指し、苛立つ鴨居の横を、通行人たちがひっきりなしに通っていく。人相の悪い俺や鴨居からは距離を置いて。

『まさか警察にタレ込んで、俺たちを潰す魂胆なんじゃ』

喜多村の声が無線から響く。なるほど、覚せい剤二十キロを持った組員二人が、池袋のど真ん中で突っ立っている。警察に職質をかけられたら一巻の終わりだ。俺たちだけでは済まされず名取会が壊滅に追い込まれる。当然そうならないように警察の動きも見張らせているが、リスキーなのは承知だった。

「そういう魂胆ならもうとっくにおまわりが来てるはず」

俺は答えた。

たまりにたまっていた嫌な予感が、一つの推測を抽出した。

「俺たちをこの場所にくぎ付けにするため?」

『あ?』

背中に一筋、嫌な汗が落ちる。無線マイクに向かって俺は言った。

「南千住の事務所に異変はありませんか?」

『ない。会長の周囲も固めてある』

喜多村が他を代表して答える。

「他に今夜手薄になっている事務所は?」

「あるにはあるが、幹部たちは皆南千住だ。がら空きの事務所に襲撃なんかして奴らになんの得があるんだ」

と、これは鴨居が言う。

「……倉庫は?」俺は絞った声を発する。「平和島の倉庫はどうなってます?」

陣野、傷口が開いた双海を残してきていた。

「陣野と双海の兄貴、それと陣野の配下が二人いるか……」

「至急、連絡を」

「おいまさか……」

顔色を変えた鴨居のスマートフォンが鳴った。液晶には竹脇の名前が表示されている。

『急いで平和島に戻れ!』電話に出た途端、竹脇の怒号が響いた。『倉庫が襲撃されている！』

真中美夜子　22：22

嫌いなわたしを忘れることができているのは、蓮と過ごす日々のおかげだった。蓮は、優しい。

去年の冬、大雪が降った。家の前にも降り積もった白を窓から見下ろして、わたしは足跡を残そう、と提案した。

真っ白な絹のような地面にわたしと蓮の重さを刻んだ。最初は二人でまっすぐ、歩幅を合わせて。飽きたら押し合ったり、走ったり。

蓮の思い付きで、作品を作った。背中合わせに立ってスタート。曲線を描きながら、向かい合ってゴール。出来上がったのは左右非対称のハート。バカップルかよ、バカップルだよ、と笑った。

道の先で一人の子どもが大きな雪玉を転がしていた。小学校低学年ぐらいの子どもだ。蓮は自然に話しかけた。雪だるま作ってるの？　と。わたしには持ち合わせのないスキルだった。

そうだよでっかいやつ、と頷く子どもを蓮は手伝った。お兄さんも混ぜて、と蓮は言った。子どもを手伝う蓮をわたしは手伝った。

三人で一メートル二十センチぐらいの雪だるまをこしらえた。子どもが小石や小枝で顔を作った。

最後に蓮は雪だるまの首に自分のマフラーを巻いた。画竜点睛だ、とばかりに。自分の衣服を使うのは予想外で驚いたわたしに、蓮ははにかみ笑いで「雪だるまも凍えちゃうから」と答えた。

どうせ溶けるけど大事にしないと。

その言葉を聞いた時、蓮はきっと自分の子どもにも同じ言葉を聞かせるんだろうな、と思った。子どもはどうもありがとう、とわたしたちに丁寧なおじぎをした。蓮はハイタッチをしてから見送る。目の前の白い世界に未来が見えた気がした。

パパになっている蓮と、蓮に似た子ども。雪だるまの心配をする父と子の横にわたしを立たせてみる。足元の雪がぐちゃぐちゃと溶けていく気がした。

雪にはしゃいだりしなければよかった、と悔やんだその時のわたしはユウを思い出していた。こんなことで悔やむわたしは弱いから、わたしの知る一番強いユウを思い浮かべる。今の恋人を目の前にして、昔の恋人を思い浮かべるのはひどいかもしれないけど、自然なんだから仕方ない。ユウに問いかける。「こんなに優しい蓮を不幸せにはできないよね？」と。

泣きそうになった。蓮に目を向けられた。まだ舞っていた雪が目に入ったふりをして、わたしはごまかした。

スマホをしまって目線を上げる。喫煙所はビルの二階の高さにあり、見下ろす先にはJRのホーム。目を向けた時ちょうど、山手線が滑り込んできた。続いて反対方向の京浜東北線。停まっては動き出す。その規則的な動きが東京の街を回っている。いや、街を回しているのか。

動き続ける電車や、人の流れを眺めていると、変な妄想をしてしまうことがある。空の上に運命を司る神様がいて、見えない糸でだれもかれも操られているような。いや、それではあまりに人生が哀しいか。でも神様はいる気がする。そう、時々気まぐれにスイッチを押すような神様。子どもがレゴのレールを敷くみたいに、だれかとだれかをすれ違わせたり、衝突させたりする。神様のスイッチをわたしたちは自分の意志では押すことができない。巡りあわせに驚き、右往左往し、自分自身に向き合うことを余儀なくされる。わたしはおそらく今、スイッチを押されてしまっている。

通勤に三十分以上かかる職場で働いているのは、蓮と同棲を始める前から勤めているからだ。正社員にならないか、と声をかけられていた。忙しくなるだろうけど、嫌ではない。そうしたら生活は変わるだろう。蓮との生活を続けたいのだから、問題ない。悩まなわたしは蓮と生きていくことができるんだろうか。わたしの嫌いなわたしが、「勇気はあるのか」と問いかける。

煙を吐く。低いホームを飛び越えて、宙に浮くモノレールの線路も越えて、立ち並ぶプロレスラーみたいなビルも越えて。

風になって、空気になって、どこかにいるユウのもとに届けば、おもしろい。

スマホが振動した。蓮からのメッセージを受信していた。寝ていなかった。というか頃合いがよすぎて、邪な自分を覗かれたように居心地が悪い。

〈お疲れ様。バイト終わったかな？〉

〈終わったよ。帰るよ〉

打ち返す。

〈駅に迎えに行くね〉

打ち返される。

悩んでいるくせに、未来の不安は今一瞬の喜びに勝てない。

〈ありがとう。電車に乗ったら教えるね〉

わたしは吸殻を灰皿に捨てた。帰るタイミングは蓮がくれる。

春日井充朗　22：35

中井駅を出た目の前に広場があった。道路の高架下のスペースで、ベンチがいくつかある。そこにおれと石渡さんは座っていた。ここに来て石渡さんがおじけづいたからである。

「帰ります？」

石渡さんが頭を抱えて五分ほど経ったので、おれは訊いた。

「ここまで来て帰れるかよ」

「ぼくは帰れますけど」

石渡さんがジトッとした目で見てくる。

「冷たいよ」

「サービス残業ですし」

「そういうこと言う？」

「冗談です」

石渡さんが、盛大なため息をまき散らすように吐く。

「わかってるんだ、俺が悪いってことはさ。娘に罵倒(ばとう)されるのも仕方ない」

弱々しい声音にさすがに心配になってくる。

「ぼくなんかに愚痴っちゃっていいんですか？　そういうプライベートな面、ふだん見せないじゃないですか」

会社では有能で人望厚いポジションなのに。

石渡さんは苦笑しながらネクタイを緩める。

「本当にな。家族の話を会社の若手にしてしまうなんて初めてだよ。恥を見せたくなかったのに。……いやむしろ、だれかに見せていないと、耐えられないのかもな」

ため込みすぎて破裂してしまうような感覚だろうか。おれは想像しかできない。

こんなふうに他人に弱音を吐けたら楽なんだろうか。自分の痛みから距離を取って、痛みを自分で客観視して。痛みに負けないために。

石渡さんに倣っておれは父の話を、本を読むように頭の中で語ってみる。

母から聞いた話によれば、千葉県生まれの父は中学卒業後、地元の不良グループに入った。父の父、つまりおれの祖父は、厳しかったらしい。会ったのは小さい頃だが、孫の俺には甘いおじいちゃんだった。でも息子には怒鳴ったり手を上げることも多かったそうだ。

父は、祖父や祖父から自分を守らなかった祖母にも牙（きば）を剥（む）き、彼らが最も願わない道をあえて選ぶことで反抗した。一度道を外れた父は、坂道を転がり落ちていく。きっと楽だったのだろう、落ちるだけの道は。

そしてやくざになった。

おれが生まれてしばらくはカタギの生活を送っていたが、けっきょくはやくざの世界に戻っていった。

両親は離婚したのに、おれが「やくざの息子」である噂はどこからともなく立ち上っていった。

近所に噂が広まり、好奇の目を向けられるようになった。ポストに嫌がらせの手紙が入れられたこともある。学校でもどこからか噂が広まりおれから離れていった友達は一人や二人じゃない。友人との些細な口論をしただけで「充朗を怒らせたらやくざの親が出てくるから危ないぞ」と陰口を囁かれた。

まるで自分の体から異臭が放たれているような気分だった。

最後に父と顔を合わせたのは六年近く前だ。実家で鉢合わせてしまったのだ。母に金を無心にきた父に。

――久しぶりだ。大きくなったな充朗。

実家の上がり框で、父はびっくりするほど親しげに、おれに声をかけてきた。

——なんでいるんだ？

ここに、ではなく、この世界に、という意味をおれは無意識に込めている。

——出てけ。

おれは無機質な声を一瞬で作った。

——充朗。

——名前を呼ぶな。

父の文字を一つ受け継いだ名前。やくざの名前がおれを一生苦しめる。

——母さんは元気かと思って会いに来たんだよ。おまえ、勉強ちゃんとしてるのか？

父の言葉にとどめた怒りが弾けてしまう。

——黙れ！

おれは自分でも信じられない剣幕で父に摑みかかっていた。

——おまえのせいで、おれたち家族がどんだけ苦しんだか。

——俺だって、空気読んで近寄らないようにしてるだろ。

おれに首を絞められながら、父は哀れっぽい声を出した。

——あ？　母さんに金せびりに来たんだろ？

——借りてるだけだ。いや、しょうがないだろ。俺たちは銀行口座一つ作るのだって難しくてな。嫌な世の中だ。

――だったらやめろよやくざなんて。

――世話になった家族を裏切るのは、男として……

――やくざが家族なら、おれたちに家族面するな！

何してるの、という悲鳴とともに、財布を持った母が駆けつけてきた。

父を押し飛ばしておれは肩で息をした。父は母の財布から一万円札数枚を受け取ると、おれに言った。

――悪いな、充朗。

そして去っていった。

罪を犯すのは父で、罰を受けるのは家族なのか。どんな不条理なんだ。

「……って思ってましたよ」

「ん？　何？」

石渡さんが目を丸くした。最後だけ声に出てしまっていたようだ。頭の中で父のクソのような記憶を長々と辿ったら、むしろすっきりした。

「あ、こっちの話です」

「いや、どっちの話よ？　こわいよ春日井くん」

食いつかれて視線を泳がせた。ちょうど、隣のベンチに座る男性が目に入る。スーパーの袋に焼酎らしきボトルと、レモンが入っていた。

「石渡さん、レモンスカルって知ってます？」

とっさにレモンから連想して話をごまかす。

「なんだっけ、聞いたことある」

「バンドです。俺、昔から地味にファンなんですよ」

「派手にファンではないんだ？」

おれは鞄に手を入れ、一冊の文庫本を取り出す。若手の新人作家、田河燕の小説で、いわゆるライトミステリーというジャンルのやつだ。田河燕は昨年デビューしたばかりで、まだ十代か二十歳そこそこだという噂だった。

「ギターボーカルのレオがＳＮＳでこの本をおすすめしてたんです。レコーディングが手につかなくなるほど夢中で読んだって。いやレコーディングに手をつけてくれ、って話なんですけど」

「そりゃそうだ」

「けど地味なファンとしては読まなきゃって奮い立って、ふだん読まない小説を買ったわけです。そしたらおもしろくて一気読みですよ」

石渡さんが本を受け取り、目を細めてタイトルを読み上げる。

「『放課後は虹と消える』？　ミステリーなんだ？」

裏表紙のあらすじを読む石渡さんに、「まあ最初にちらっと出てたおじいさんが犯人なんですけど」

石渡さんが顔を上げて信じられない、という表情をしている。

「え、言う？」

「あれ？　読もうとしてました？」

「読もうとしてた、わけじゃないが……いや、だって勧めてきたからさぁ、なんなら貸してくれる素振りだったじゃない」

「すみません、ただ紹介したかっただけでした」

というか話をごまかしたかっただけだ。本を返してもらい、ついでのようにおれは続ける。

「印象深いセリフが一つ出てくるんです。主人公の女の子が語り手の男の子と、恋と愛の違いについてしゃべるんですけどね」

ストーリーは単純だが、文章に教訓めいたセンテンスがいくつか挟まれていて、印象に残った。恋と愛の違い。

「個人的には愛の種類の一つが恋じゃないかみたいに考えてたんですけど、作中ではこう表現されてました」こほん、ともったいぶって咳払い（せきばら）いしてみる。「恋は伝えなくても成立する。伝えないと意味がないのが愛だって」

「……あ、もしかしてハッパかけてる？　早く娘に伝えに行けって。そうだろ？　んん？」

沈黙が落ちた。

石渡さんに肩を揺さぶられながら隣のベンチを見ると、レモンの男はスマホを見ながら、ニコニコしている。おれたちのやりとりが笑われているのか、ディスプレイを見て笑っているのか、判別はできなかった。

真中美夜子　22：36

大江戸線のシートに凭れ、本を読んでいた。『放課後は虹と消える』は後半戦に突入していた。どんでん返しの仕掛けは叙述だ、絶対。

この作者は、文章こそまだ粗削りだけど、主要キャラクターの高校生たちの生活描写が生き生きしていて、いい。青春の一ページが、何枚めくっても続く。トリックの奇抜さより、きらきらした学校生活がわたしには眩しい。自分には経験なかったから。きっと田河燕という作者はきらきらした高校時代を過ごしたんだと思う。実際の経験がないとこんなふうに描けないだろうから。

現実を忘れられるから小説を読むのが好き、という人が世の中には多いらしい。わたしはそうはなれない。小説を読むたび、自分の現実を重ねてしまう。活字で綴られた架空の物語に、トレーシングペーパーの現実を重ねては、一致と不一致を一つ一つ選び取る。物語と比べて自分はどうか。登場人物から学んだことを生活に反映できているか。ことあるごとに確かめる。苦しいこともあるが、嫌になったことはない。わたしにとって正しい物語との対話だ。

小説と現実の不一致は、わたしの「もしも」が作り出している。今『放課後は虹と消える』を読みながら、「もしもわたしがふつうの高校生だったら」が浮かび上がる。ふつうに学校に行って、色彩溢れる教室で友達と無駄話をしたり、教師にあだ名をつけたり、終わるまでは永遠と信じ込める恋をする。卒業式の日にはセンチメンタルに浸って、平凡に過ごしていた校舎での毎日に、かけがえのない価値を見つけたりする。

そんな時間を過ごしていたら、「嫌いなわたし」は生まれていなかっただろう。

もしも過去が違っていても、蓮には出会っていただろうか。もしも過去が違っていたら、今みたいに蓮との未来に不安を覚えたりしなかっただろうか。

考えすぎているせいか、瞼がにわかに重くなる。

小説のページをめくると、合わせたみたいに電車のドアも閉まる。

春日井充朗　22：40

パラパラめくった小説を閉じて、練習しましょうか、とおれは提案してみる。

「練習？」

石渡さんが訝しげな顔をする。小説をしまっておれはベンチから立ち上がり、石渡さんの向かいに立った。

「娘さんと対面する練習です。ぼく、娘さんの役やるんで、石渡さんは石渡さんの役をやってください」

「俺が俺の役ってなんだ」

「哲学的ですね」

「やりたくない」

おれは子どもを叱るママのテンプレートのごとく、腰に手を当てた。

「石渡さんが娘さんの役をやってどうするんですか」

「そういう意味じゃなくてだね、練習なんてやりたくないって」

「ぶっつけ本番に挑めず十分も経ってるじゃないですか」

おれはテニスのスマッシュを決めるようにぴしゃりと言ってやる。石渡さんはバツの悪そうな顔をした。

「もう十時四十分ですよ。早くしないと娘さん寝ちゃいます。というか誕生日が終わっちゃいますよ。いいですか。はい、石渡さん、ピンポン押してください」

「ピンポン？」

「家のピンポン」

しぶしぶ立ち上がった石渡さんが、E.T.ばりにスローな動きで、ドアチャイムを押すふりをする。

おれはドアに近づく動作をして、「はぁい」と裏声を作る。エアーのドアを開ける。

「がちゃっ、あれっ、あれっ！」

「や、やあ」

「あれっ、パパ？」

石渡さんがストップ、と掌を出す。

「娘はパパって呼ばない。お父さん」

「了解です」おれは仕切り直す。「わあ、お父さん。こんな時間に、何しに来たのよ」

「……た、誕生日」

「はぁ？　聞こえないんだけど」

「……誕生日を、祝おうと」

石渡さんが鞄から、プレゼントを取り出す。ギフトラッピングされた細長い箱。リボンにカードが挟まれている。さっき言っていたメッセージカードだろう。

おれはぺっぺっ、と唾を吐きかけるイメージの口調を作る。

「誕生日プレゼント？　やめてよ。家に来られても超迷惑。お祝いならお母さんにしてもらったから、お父さんのはいらない」

「いらないというのは、いくらなんでも」

「私が許してると思ってるわけ？　いいから帰ってよ」

「そうか……」

石渡さんはベンチに腰を下ろし、プレゼントをしまおうとする。おれは地声に戻って

「いやいやいや」と慌ててプレゼントを摑んだ。

「終わっちゃうじゃないですか、そこで引き下がったら」

「春日井くんがあまりにリアリティのある演技をかましてくるからだ」

「ええっ？　言っときますけど、今の演技にリアリティなんてないですよ」

「じゃあなんのための練習だったんだ？」

「発声練習みたいな」

「意味がわからん」

石渡さんは僕の手からプレゼントを引き抜き、鞄に入れた。それから今日何度目かの大

きなため息をし、吐き出した息を全部吸い込む深呼吸をする。

「わかった。わかった、行くぞ!」

石渡さんは雄々しく立ち上がった。

「愛は伝えなきゃ意味がないんだもんな」

「そのとおりです」

「発声もばっちりだ」

「はい、ぼくのおかげです」

「よし、こっちだ」

ようやく歩き出した石渡さんに続いていく。川沿いの道をてくてく歩きながら、果たしておれはどういう顔をして、石渡さんの娘と会えばいいのか、と今更心配になってくる。離れたところに隠れているか。

「娘は、目が不自由で」

ぽつりと石渡さんが告白した。

「え?」

「全盲じゃない。網膜色素変性症」

聞き慣れない病名だが、夜盲や視野狭窄、視力低下が主な症状らしい。子どもの頃に発症し、徐々に進行していったそうだ。一人暮らしができるのか、とおれは驚いたけど、視覚障害者は一人じゃ生活できないという決めつけは偏見なんだろう。ひとしきり病気について説明し、石渡さんはため息をついた。

「子どもの頃から過保護になって、過干渉になっていたんだ」

過干渉が不仲の原因になったということか。

「一人暮らしをしたいと言われて、俺は言ってしまったんだよ。おまえがふつうの生活なんかできるわけない、不自由でも安全な生活をするべきだって。それでも娘は言い返してきてな。自分にできることをしてみたいと。で、俺はなんて言ったか。おまえに何かあったら親の責任になるんだ、と」

おれは何も言えなかった。石渡さんは悔やんでいる。間違いなく。でも言ってしまった言葉は消えないし、その言葉は間違いでもない。娘に万が一何かあったら、親は他人にも自分自身にも責められるだろう。たとえどれだけの愛情があろうと、当人たちにはどうにもできなかった気持ちのすれ違いがあろうと。歴然とした事実だけが残ってしまう。

家族のきずなは煩わしい。

「娘の目に、こんな父親はどう映っているんだろうな」

「ところで娘さん、名前はなんというんですか」

「かさねだ。花びらの花に、糸へんの紗、ねは音」

石渡花紗音、なかなか雅（みやび）な名前だが、早口で言うと噛みそうだな、という感想だった。

畠山瑛隼　22：42

天井を見つめ、僕は呼吸を整える。

ゆっくり半身を起こし、コンドームを外す。手早く花紗音がティッシュをくれた。精液を見られるのが恥ずかしくて、急いでくるんでベッド横のゴミ箱に捨てる。すると背中から花紗音に抱きすくめられた。

今夜花紗音とセックスをするなんて、欠片(かけら)ほども思っていなかった。事実は小説より奇なり。陳腐な言葉が思い浮かぶ。

「……畠山くん」

囁くように名前を呼ばれた。行為の途中で何度も呼ばれた。当然だけど終始僕はリードされっぱなしだった。花紗音は満足できたんだろうか。

「ぼーっとしてるよ」

「してない」

言い返すと微笑み返される。

「今日を幸せな気持ちで終われてよかった。実は、誕生日なの」

「えっ」驚いて声を上げてしまう。「お、おめでとう。いや、言ってよ」

こんなことしてよかったんだろうか、と今更のふりをした罪悪感が胸に渦巻く。窓明かりに照らされる花紗音が、静かに前髪を掻き上げた。露わになった額を指差す。

「おでこのここに、傷があるの見える？」

おれは指差された箇所を凝視した。言われなければわからない、うっすらとした傷跡がある。

「小学生の頃にできた傷」前髪を下ろしながら言う。「お母さんと家にいた時に、急に雨が降り出して、洗濯物が庭に干しっぱなしだったから、私は取り込みに行った。そうしたら庭で転んで、運悪く落ちてた尖った石で切っちゃった」

僕は雨に打たれて血を流す幼い彼女を思い描く。

「帰ってきたお父さんはお母さんに言った。『おまえは何をしていたんだ。顔に傷が残ったらどうするんだ』って。後々親戚の人が言うのも聞いたよ。『母親がいながら』って。何も知らないくせにね。お母さんはその時、買い物から帰ってきて、疲れて寝てたの。私はお母さんに休んでてほしかった」

「そう、だったんだ」

「お父さんが責められないことが納得できなかった。お母さんはいつもちゃんとしてるのに。たった一度の私のケガで責められるなんて。なんでお父さんはいつも守られてるんだろうって、納得できなかった。でもね、わかってた。私だからこうなるんだって。生まれなきゃよかったって」

花紗音はハッとした顔をして苦笑いした。

「こんな場面で自分語りする女はやばいか」

「全然。聞かせてもらえて嬉しい」

僕は目を見て言った。花紗音が照れたように顔を背ける。

「つまり好きな人と、こういうことができた今日の誕生日は、すごく幸せってこと」

生まれてきてよかったと感じられるから。

僕で幸せになれたなら、こんなに嬉しいことはない。

「喉、渇いたね」照れ隠しのように彼女が体の向きを変える。「泊まっていく?」

夜明けまでベッドから出たくない。引き返したくなかった。

志田正好　22：48

首都高を引き返しながら、俺は思い切りアクセルを踏んでいた。時速百二十キロで飛ばしても状況は絶望的だった。

竹脇からの連絡は、陣野からのSOSの報せだった。平和島の名取会倉庫に、武装した男たちが襲撃をかけた。SOSの時刻は二十二時十五分。現在二十二時四十八分。倉庫からの連絡は途絶えたらしい。

見張りの兵隊の半数は電車に回したが、ほぼ時間は変わらないだろう。南千住組も同様だ。

襲撃犯はレッドキャップに間違いない。人数も武器も不明だった。

「ぶっ殺す」助手席の鴨居がいきまいた。「舐めやがって」

そう、舐められていた。というよりも俺たちがレッドキャップを見くびっていたのだ。

茶木を拉致した奴らの狙いは、二十キロの覚せい剤でも俺たちを逮捕させることでもなかった。

倉庫に保管された百八十キロの覚せい剤だ。

「新規ルートの品物は、うちの中でも限られた人間しか輸入日や保管場所を知らされてなかった」

頭を整理するつもりで俺は言う。

会長の名取と倉庫番の陣野や、覚せい剤担当の組員たち、最近になってそこに加わったばかりの俺。今日初めて知らされた喜多村などは無論、茶木や幹部クラスでも担当外の人間には知らされていなかったのだ。

「奴らが今夜知りたかったのは、倉庫の場所だった」

覚せい剤二十キロを要求された俺たちは倉庫に取りに向かった。尾行された形跡はなかった。だが、なんらかの手段で俺たちを追跡したのだろう。

兵隊向きではない陣野と満身創痍の双海の姿が蘇る。

――頼んだぞ、鴨、兎。

笑って送り出した兄貴分は、今頃どうなっているか。持ちこたえてくれと祈るばかりだった。

俺と鴨居の車が真っ先に倉庫に舞い戻った。どう近づくか悩むだろうと懸念していたが、そんなことを考える暇はなかった。

トラックバースに見慣れぬトラックが一台停まっていた。幌付きの二トントラックだ。俺たちに気づいて走り出そうとしていた。俺はライトをハイビームにした。

「鴨さん、突っ込みます」

「行けっ」

高速道路と同じ深さでアクセルを踏みつけ、トラックに突っ込んでいく。みるみるうちにトラックがフロントガラスに迫る。トラックは急ハンドルを切る。頭にぶつけるつもりで密着させようとする。トラックの運転手、長髪の男が片手を外に出す。

背筋が凍り、慌ててトラックから距離を取る。ガン、ガン、とボンネットに金属が撃ち込まれる音がした。

「銃を持ってます！」

運転席の男が拳銃を発砲してきているのだ。

回り込もうとしたところでがくん、と車体が波打ち、反射的にブレーキを踏む。タイヤが撃たれたのだ。トラックの運転をしながらの発砲でこの命中率は素人ではない。

「おい兎！」

鴨居が声を上げる。トラックから二人の男が飛び降りた。一人は金属バットを持ち、一人はスキンヘッドで、サプレッサー付きの拳銃を持っていた。

スキンヘッドがプリウスのボンネットに飛び乗る。俺たちを見下ろす形で拳銃を構えた。

「振り落とせ、兎！」

ギアに手を伸ばす。それより先にバシッバシッという音でフロントガラスが真っ白に罅割れた。

「下りてください、鴨さん」

有無を言わさず叫ぶ。

舌打ちとともに鴨居が助手席から躍り出た。俺はハンドルを切った。フロントガラスの男が鴨居側に転がり落ち、拳銃が手を離れた。バックミラーを見る。トラックが遠ざかっていく。

俺はギアをバックに入れた。アクセルを踏もうとする。と、密着するほどの真横で、ドン！　と衝撃音がした。今度は運転席のウィンドウガラスに真っ白な罅が入る。金属バットの男が容赦ない連打をしてきて、俺は助手席に身を投げた。運転席のウィンドウが砕け、破片が運転席に散らばる。

助手席側から転げ落ちて身を起こす。

金属バットの男が回り込んできた。

背後で鴨居が格闘しているスキンヘッドより小柄だが筋肉質で、パーカーを着ていた。眉が剃（そ）られてほぼなく、蛇のような不気味な顔だった。覗く腕はタトゥーに覆われている。

パーカー男が俊敏な動きで踏み込んだ。俺は腰からスパナを振り抜き、交錯した。金属バットがコンクリートを叩く。無防備な背中にスパナを撃ち込む。蛇顔は膝を折るようにして身を翻（ひるがえ）し、スパナは空を切った。

バットが振られる。俺はプリウスの後部ドアを開けて盾にする。バットを弾かれ後退したパーカー男の胸板に蹴りを放つ。

パーカー男がプリウスの車体に激突する。すかさず振り下ろしたスパナは、今度は男の右手首を直撃した。パーカー男は呻（うめ）きとともに金属バットを手放す。

それでも体ごと俺にぶつかってくる。頭突きを顎に受け、脳が揺れる。左手が喉に伸びる。首を捻って避ける。皮膚に爪（つめ）が走り、鋭い痛みが走った。首を狙う左手を払いのけ、右腕を蹴りつけた。先ほどの一撃で骨が折れたのだろう、悲鳴とともに男がよろめき左手をプリウスについた。運転席の割れたガラスで手が切れたらしく、さらに動きが鈍る。俺はパーカーのフードを摑み、片足を踏み出す。

一息で大外刈りをかける。コンクリートに背中から激突した男の首にスパナを押し当てる。急に視界が真っ白になった。

横を見ると、逃げ去ったトラックがUターンしてくる。トラックはプリウスにぶつかった。押しやられたプリウスが俺に迫る。戦慄で動きを止めた俺の手元から男が抜け出す。開いたプリウスの後部座席からバックパックが落ちてくる。切り返したトラックのタイヤがバックパックを踏みつけ、覚せい剤が溢れ出た。パーカー男はトラックの荷台に飛びついている。

俺はとっさにバックパックに手を伸ばし裂け目からGPS発信機を取った。発信機を手にトラックの荷台にしがみつく。幌の中からパーカー男が蹴りを放つ。避けて幌に上がり込み、もみ合うが、二度目の蹴りを受け地面に落下した。すぐには立ち上がれない痛みが体に走る。今度こそトラックは走り去っていった。

反対方向に目を向ける。

スキンヘッドと鴨居の戦いは鴨居が圧倒していた。左手に木槌を持ち、右手にはウォレットチェーンをメリケンサック代わりに巻きつけた鴨居が血まみれのスキンヘッドをサンドバッグにしている。

「かわいそうに。お仲間行っちまったなぁ！」

　鴨居の右フックがスキンヘッドを殴り飛ばした。倒れたスキンヘッドは咳き込み、赤い唾液と折れた歯を吐き出す。顔をしかめて肋骨の辺りをさする。スキンヘッドの虚ろな目に異変を感じた。

「！　……鴨さん」

　スキンヘッドは猫のような速さで地面に飛びついた。落ちていた拳銃を拾い上げる。鴨居が凍り付く。俺は起き上がったが、とても間に合わない。

　パン、と風船を割るような音が倉庫の敷地内に響く。立て続けに二回。スキンヘッドが顔面からコンクリートに倒れた。背中とつるりとした後頭部に穴が開いていた。俺は叫びそうになるのを、歯を食いしばって堪え、建物のほうに視線を投げる。

　血まみれの巨漢双海がマカロフを手に立っていた。俺と鴨居を交互に見て、そして崩れ落ちた。悲鳴を上げて鴨居が双海に走り寄る。

春日井充朗　22：57

石渡さんの娘、花紗音ちゃんが住むのはマザーグースハイムという変わった名前の小さなマンションだった。駅から五、六分なのに、石渡さんが盛大に道に迷った。スマホで検索したにもかかわらず路地を間違えた。「これは神が行くなと言っているのか」とまた悩み出した石渡さんを、「無宗教なぼくたちを神様は見てませんよ」と叱咤激励すること数分。倍以上の時間をかけようやく到着した。

「マザーグースハイムっていう名前のわりにイギリス民話の趣どこにもないですね」

「マンションの名前なんてそんなものだろ」

石渡さんは耳に当てたスマホを離し、舌打ちした。

「やっぱり出ない」

さっきから娘にかけているのだが、電源が入っていないという。

ベランダの窓は裏手にある。そっちに回って部屋を見てみることにした。石渡さんと並んで四角形のガラスを見上げる。カーテンは開いている。ということは、帰宅して眠っているわけではないのか。

「マザーグースハイムの二階の角部屋で間違いないんですよね」

「ああ」

「電気もついてないし、帰ってないんじゃないですか」

おれは腕組みして言った。

「こんな時間にどこにいるんだよ」

「そりゃ、カラオケとかネットカフェとか、スポッチャとか」

石渡さんがホラー映画のワンシーンみたいな表情をしておれを見る。

「男の家とか?」

「……友達の家とか」

「異性の友達の家とかか? 春日井くん」

「ぼくに詰め寄らないでくださいよ」

ネクタイを引っ張られたので厳重に抗議する。

「石渡さんの娘さんに限って男なんて作りませんよ」

おれは適当極まりない世辞を言う。

「いいんだ、男がいたって」奮然とした声で石渡さんが言う。「ちゃんとした男なら」

「どういう男ですか」

「将来の目標をきっちり定めている、地に足が着いた男だよ」

シンプルなようでいて、学生に求めるのは難しい条件なのではないか。

「とりあえずピンポン押してみましょうか」

悩んだ挙句おれは提案した。九分九厘留守だ。残念ではあるけど仕方ない。お父さんの気持ちはお察しするが、ひとまず今夜は諦めをつけるべきだ。

表に戻る。おれが先に階段を上がる。

角部屋の前に近づいた時、部屋の奥から声がした。おれは鋲を打たれたように止まる。男の声だったからだ。そして紛れもなく、「花紗音はどうする？」というセンテンスだった。

おれは歌舞伎役者のごとき動きで後ろを向く。石渡さんが石になっていた。

「石渡さん、そういえばマザーグースハイムって……マングースと似てませんか。似てますよね。わぁ、我ながらすごい気づき……」

「春日井くん。どいてくれ」

「石渡さん」

おれを押しのけて、石渡さんはドアの真正面に立つ。やばいやばいやばい、と心の内で連呼しながらおれは追いすがった。

ドアに手を伸ばした。やめましょう！　という声はぎりぎりで止まる。石渡さんはドアフォンを押さず、ドアノブにプレゼントを引っかけただけだった。

帰ろうか、と言って石渡さんがおれを見て、弱々しく微笑んだ。まさにその瞬間、ドアが開いた。

畠山瑛隼　23：06

飲み物を買うために服を着て、財布を持ってドアを開けた。すると、部屋の前に男がいた。ぎょっとして見返してしまう。白髪交じりで体格のいいスーツ姿の中年男だ。

「こんばんは」

レンさん同様近所の人だと思い、挨拶をする。けど、男は僕を呆然と見たまま動かない。

ぱさっ、という音がする。ドアの下に何かが落ちていた。ピンクの包装紙に包まれた小箱だった。とりあえず拾う。なんだこれ？

「ちょっ、ちょっ、ちょっと待って」

騒々しい声が突然横から割り込んできて、僕は再度ぎょっとした。もう一人男がいた。同じサラリーマン風だけど、二十代くらいで長身だった。

「帰りましょう、ここは風とともに去りましょう！」

若い人は中年の人の腕を取り、引っ張るけど、中年の人は僕を凝視してなかなか動かない。

「畠山くん？」

　不安そうな声で、奥から花紗音が歩いてくる。

「……だれ？」

　玄関に向けて目を細める。

「花紗音」

　声を発したのは、中年の人だった。

「お父さん？」

　花紗音の声に棘が生える。

「えっ？」僕は仰天して中年の人を見た。「お父さん？」

　途端、中年の人がぷるぷると頬を震わせ始める。

「お、おっ……君は、だれだ」

「……僕は」

　声が掠れて上手く出ない。

「返してくれ」

　僕が拾った小箱を指差してくる。

「まぁまぁ」と宥める若い人の声と、「ちょっと、やめてよ」とわななくような花紗音の声が重なる。

「花紗音、お父さんはチャラチャラした生活をさせるために、一人暮らしを許したんじゃないぞ」

　中年の人はまくしたてた。だから反対だったんだ、と。

「チャラチャラって何？」嘲笑いを浮かべて花紗音が言う。「夜中に押しかけてくるなんて非常識だよ」

「非常識なのはどっちだ。だれが学費を払ってると思ってるんだ？」

「石渡さん、火にガソリン注ぐのはやめましょうって」

　若い人は本気で言い聞かせ、中年の人を羽交い絞めにして入口から引き離した。花紗音は素早かった。サンダルを履き、玄関に置かれていた白杖を摑んで廊下に飛び出ると、小走りで階段のほうに駆けていく。

　僕は慌てて追いかけようとする。けど、スニーカーの踵を入れていなかったせいでもたついた。小箱を投げ捨てて靴を履きながら廊下に出ると、後ろでもみ合う会社員二人がぶつかってきた。転んで、起き上がり、二人を押しのけて、やっと後を追い始める。

春日井充朗　23：09

石渡花紗音ちゃんが逃げて、彼氏容疑の男の子が追いかけていき、たぶん脊髄反射的に石渡さんも走り出した。

どういう展開なんだ、とおれは立ち尽くした。花紗音ちゃんの部屋は、不用心にドアが開きっぱなしだった。ドアの隙間に石渡さんのプレゼントが挟まっているせいだ。いたたまれない気持ちでおれは拾い上げ、ドアを閉めた。ひとまず待っていようか。

「あれ」

プレゼントのリボンに挟んであったメッセージカードが見当たらない。おかしいな、と地面に目を配っていると、スマホが鳴り出した。なんの意外性もなく石渡さんの着信だ。

「お疲れ様です。春日井です」

『見失った！』

目的語がなかった。

「カップルを見失ったんですね」

『カップルと言うな』

「辞書によるとカップルというのは単純に男女の一組、という意味で……」

『一緒に探してくれ、春日井くん』

「ええー？　どうしてですか」

石渡さんの悲痛な叫びに対し失礼だが、率直な思いである。

『娘は目が不自由なんだ。こんな時間に夜道をふらついてたら心配だろう』

夜道に飛び出させたのはご自分じゃないですかお父さん、とは言えないので、「はぁ」と気のない返事を返す。

『頼む。娘に何かあったら……』

「はい、わかりました。探しますよ」

人として断れない。

『すまない。見つけたら連絡をくれ』

おれはスマホをしまいながら部屋を離れる。確認しそびれたがメッセージカードは石渡さんが持っているのかもしれない。カードより人探しを優先しなければならないようだ。

探すと言ってもどこから行くか。というか、見つけたとしても声をかけられないよな。

見つけませんように、と念じながら階段を下りる。

志田正好　23:14

まんまと倉庫を見つけられ、奪われた。

会長の名取を含め、十数人の組員が平和島の倉庫に集まっていた。倉庫の存在を知らなかった者も含め、皆、怒るよりも打ちひしがれていた。

大量に積まれていた覚せい剤は消えていた。奪われた量は百八十キロ。末端価格で百二十億円を超える。

スキンヘッドを射殺した双海はそのままこと切れた。当初の傷に加えて、倉庫内で新たに刺されて致命傷を負ったのだった。死んだスキンヘッドの所持品はスマホだけだった。ロックがかかっており中を検めることはできなかった。

「窓から、侵入されました。二人が銃を……」

命を取り留めた陣野が虚ろに言う。手足の骨を折られ、顔にも深い切り傷を負っていた。

強襲された双海、陣野も保管していた拳銃で応戦した。銃撃戦を物語る弾痕が倉庫内に数多残っていた。周囲に民家はなく防壁に囲まれた倉庫だったため、警察が駆けつけてくることはなかった。

「生体認証、できるのは、私だけ……なので、私を守ろうと双海さんが……必死に……」

駐在していた二人の若手の組員を引き連れて応戦した。組員の一人は蜂の巣になって死んでいた。もう一人は肩を撃たれていたが、致命傷は頭蓋骨陥没だった。おそらく金属バットの男の犯行だろう。

「こっちに銃を撃てなくさせたら、ナイフや金属バットで、いたぶりに……すみません。守れずに。……引きずられて、手を……」

泣き出す陣野に、名取は「何も言うな」と重々しく声をかけた。側に立っていた俺と鴨居に目を向ける。

「双海の腹の傷口からこれが飛び出してました」

竹脇がビニール袋を見せた。血まみれの小さなチップがあった。ＧＰＳ発信機だ。気づけなかった悔しさが身を貫く。

「あいつら、傷口に発信機を埋め込んでやがったのかよ！」

鴨居が目を剝いた。茶木拉致の際に、中西は殺したにもかかわらず双海の命は奪わなかった。理由がわかった。倉庫への案内役にするためだ。責任感の強い双海が覚せい剤保管の倉庫に同行することを見越したのだろう。

名取には動画が送られてきていた。相変わらず茶木は拘束されていて、『愛の挨拶』がＢＧＭだった。

〈ご苦労様でした。若頭はお返しします。ただし、魂だけ〉

文章はこれだけだった。

「てめぇらもよくやった」

「何言ってんですか。俺たちは何も……」

忸怩たる思いを隠さず鴨居が言う。俺は言うべき言葉、とるべき行動を今一度、考えていた。

ふと、また無関係な記憶が脳裏に浮かぶ。

パイロン。

グラウンドの砂。

バトン。歓声。

蘇る記憶の景色の中に、やがて落ちる未来を知らない男がいる。

――正好、最高な走りだったぞ!

かけられた声を覚えている。戻れない場所にあった、光に満ちた声を。

「まだ勝負は終わっちゃいません」俺は名取に言った。「品物も若頭も取り返しましょう。仕掛けたGPS発信機で追跡できます。仇を討ちましょう!」

俺は言い知れぬ罪悪感と不安感をかき消すつもりで叫んだ。

真中美夜子　23：14

ハッと目が覚めたのは、練馬（ねりま）駅に電車が停まる瞬間だった。降りるべき中井駅は三つ手前だ。膝上で開いたままの本のページが折れている。

「うーわ」

シートから立ち上がりながら、つぶやく。やってしまった。

スマホを取り出す。蓮に〈寝過ごして練馬きちゃった、ごめん（；∀；）〉とＬＩＮＥを送り、電車を降りる。

我ながら、本格的に疲れがたまっていたらしい。ためた疲れを呼吸に変えて、吐き出してみる。ただのため息だ。

ホームの反対側、新宿方面行きの列車が停まっていたので乗り込む。今度は眠るまいと、立ってドアの前に寄りかかっていくことにした。

スマホを手にしたと同時に、蓮からの返信が届く。ドンマイ、と伝えるキャラクタースタンプだった。すぐ後に、〈ゆっくり帰ってきて〉という一言が届く。嬉し泣きするスタンプを送り返した。

ほどなく、〈ねぇねぇ、レモンサワー飲みたくない？〉という返事が届く。蓮がこう言う時はすでに飲むことが決まっている。〈朝早いのに大丈夫?〉と、一応訊ねる。〈問題なーい〉と即答だった。

〈いいね! 久しぶりに作る?〉

〈作る気まんまん〉

レモンサワー作りは、付き合い始めて最初の共同作業で、それから二人の趣味になった。きっかけは蓮の実家がレモンを送ってくれたことだった。蓮の地元は広島(ひろしま)で、わたしはレモンの生産量日本一が広島県だと初めて知った。

焼酎と炭酸水を買って、時々はちみつを入れたりする。お店で飲むよりも安いし、美味しい気がするし、確実に楽しかった。初恋がレモンの味だった記憶はないが、蓮との恋にはレモンの香りがよく似合う。

〈実はみらべるで材料買ってました〉

みらべるはうちの近所にあるスーパーだ。どうやら準備は整っているらしい。

〈急いで帰る!〉

〈電車でしょ(笑)〉

〈気持ち、気持ち(笑)〉

とりあえずもう眠気はないけど、念には念を入れて立っていることにした。早く蓮と話がしたい。レモンサワーを作りながら、不安を忘れるほどに。

畠山瑛隼　23：19

花紗音を見失い、走っていた。

電源を切ったスマホは家に置いたままだった。駅のほうに向かったけど、見つからない。三の坂の下まで引き返す。そういえば、家に行く前に坂の話をした。僕との会話を思い出して、上がったという可能性はないか。淡い期待で三の坂を駆けあがる。

電信柱を二本越えたところで、坂の上から小走りで下りてくる人影と出くわした。坂道の側に立つ民家の明かりで、互いの顔が照らされる。

「あっ」

「う！」

お互いぴたりと足が止まる。

「君……」

下りてきたのは花紗音のお父さんだった。中井地域で、いや、東京全域で今一番気まずい坂道はここ、三の坂に違いないと僕は確信した。

春日井充朗　23：21

見つけませんように、見つけませんように、と願いながら「四の坂通り」なる階段坂を上っていた。

両サイドの塀越しに樹木と竹が茂り、伝説によると異世界に通じている、と言われても信じられそうな雰囲気がある。つまり見るからに人気のない坂道だ。目が不自由な女子大生が上るとは思えない。だから、おれはその道を選んだ。なのに。

「なんでいるかな」

階段上部。手すりに寄りかかって立つ少女は、花紗音ちゃんだった。彼氏容疑の男の子はいない。

おれに気づいて顔を動かす。たぶん見えないのだろう。おれはなんとなく両手を上げた。

「あー、どうも。おれ、石渡さんの連れです」見て見ぬふりもできないため、おれは階段を上がりつつ自己紹介する。「春日井と言います。石渡さんには会社でお世話になっていて。石渡さんが探しているので戻りましょう」

「……すみません」

花紗音ちゃんが硬い声を発した。

「謝られるようなことは何も」

おれはスマホを取り出した。パネルの光に気づいたのか、「父に連絡するんですか」と鋭く訊いてくる。

「一応……」

風が吹き、竹藪がざわめく。花紗音ちゃんは片手で前髪を押さえた。もう片方の手には白杖を持っている。

「父に帰るように言ってくれませんか。私、一人暮らししてます。探してもらわなくていいんで」

「おれが言って聞くかなぁ」おれはスマホで自分の額を小突く。「まぁいいや」

おれはスマホで石渡さんに電話した。

『もしもし』

さっきと打って変わって静かな口調だ。

「お疲れ様です。花紗音ちゃん見つけました」

『何っ、どこで』

「無事なので。では」

『ちょっ――』

スマホを切り、ポケットにしまった。花紗音ちゃんが意外そうに眉根を寄せる。

「ん？　見つけたら連絡しろ、って言われてたんで連絡したんです。場所を言えとは言われてないんで」

畠山瑛隼　23：24

先ほど石渡さんのスマホから漏れ聞こえた声で、部下らしき人が花紗音を見つけたというのはわかった。場所を聞く前に電話は切れてしまったようだけど、石渡さんはなぜか電話を折り返さずに自力の捜索を続け、僕は一緒にいた。

はぁとため息をつき、「さっきはすまなかった」と僕に言ってくる。

いやこちらこそ、というのも違う気がして、会釈をする。

「父親として確認しておく。君は花紗音の彼氏かい」

「……そうです」

言い切った。石渡さんは僕を見つめた。僕も負けじと見返した。

「付き合って長いのか」

「いえ、今日から」

「今日⁉」

「あっ、いやあの……流れで」

「流れ⁉」

わなわなと頬を引きつらせる石渡さんから、耐え切れず目を逸らす。石渡さんが声を震わす。

「君、非常識じゃないか。いくらなんでも」

「おこ、お言葉ですが、じ、常識ってなんです、すか」僕は噛みまくりながら言い返した。「お父さんこそこんな時間にいきなり」

「君がお父さんと呼ぶなっ」

「そ、そういう意味じゃないですよ！　便宜上です。わかるでしょ！」

「偉そうに！　何が便宜上だ」

「べっ、便宜は便宜です。石渡さんて呼んだら花紗音と被るじゃないですか」

「かっ……父親の前で娘を呼び捨てにしないほうがいいぞ、君」

人差し指を突き出された。カチンと頭の奥で音が鳴り、僕も人差し指を突き出し返す。

「父親父親言っていますけど！　あなたは、偉いんですか？」

「俺が？」石渡さんが自分の胸を親指で叩いた。「俺が偉いわけないだろ。偉くなんかないよ！」

否定されないのが予想外すぎたので、思わず、「いや、そんなことないんじゃないですか！」と怒鳴り返していた。

「どっちだ！」石渡さんがうろたえ、再び僕を指差す。「だいたい、君はなんで今夜、ここに」

「僕は、娘、さんの、誕生日を祝いました。僕しかいなかったから」

沈黙が落下した。数秒が過ぎ、やがて石渡さんが言う。

図らずもベッドの中で祝ったのだとばれたら殺されるのではないか。

石渡さんは深々と息を吐き、同じぐらい深々と僕に頭を下げた。そうして「行こう」と先に歩き出した。僕はこの人にひどく申し訳ないことをしたような気分になった。でもきっと申し訳なく思うことは、花紗音に対して不誠実だろう。拳を握った僕は黙って石渡さんに続いた。

鴻上優紀 23:28

緊急通報が入ったのは、南千住から上野に引き返し、谷根千方面に流そうとしていた時だった。

不忍池で女性が襲われているという通報だった。

「引きがいいですね、今夜は」

飯島はUターンする。私はパトランプを屋根に設置した。サイレンを鳴らして飛ばすこと二分半で不忍通りに面する入口に到着した。近隣交番の制服警官二名と私服の刑事が現着していた。

「あれ、青島さん？」

私は刑事を見て声を上げる。

「なんだ、おまえか」

青島は前頭部の禿げあがった、くたびれたスーツの中年だが、敏腕刑事である。

「数年前まで本庁にいたの。今は上野署の刑事課」

問いかける視線の飯島に説明する。

「機捜の飯島です。よろしくお願いします」

青島は飯島を睨んだ。

「青島だ。名前に関しての冗談は禁止だ」

苦笑を堪える。有名すぎる刑事ドラマの主役と同姓ということでよくからかわれるのだ。

「了解です」とバカ真面目に敬礼する飯島に舌を出し、「ったくついてねぇよ」と愚痴る。

「巡回を終えて署に帰る途中に通りかかっちまって」

「巡回。サボりではなく？」

「ぶっ飛ばされてぇか、おい」

相変わらず口は悪い。飯島が森島と会ったのに続き、今度は私が以前の職場の先輩に会うとは、こっちの意味でも引きがいい夜だ。

「通報者が見た時にはすぐそこにいたそうなんですが」

年かさの制服警官が言う。不忍池に入ってすぐの位置には人影がない。おびただしい蓮に覆われた巨大な池が静かに横たわるだけだ。

「分かれて回り込みましょう」

全員懐中電灯を構えて踏み入る。青島と制服警官の一人が公園の右回りに、私と飯島、残りの制服警官は左回りに進む。真っ暗闇に懐中電灯のライトは頼りなかった。

不忍池付近は私が刑事になったばかりの頃、多数のホームレスが集う場所だったが、時代の流れで一掃されている。東京ではホームレスから夜の街でたむろする少年少女まで、この十数年で数が減った。取り締まりが強化されていったからだ。しかし彼らの居場所を奪うだけでは本当の意味での治安は守れないだろう。表面を取り繕うだけだ。犯罪の闇はいっそう濃くなる。私は無意識に胸ポケットに掌を当てている。飯島の視線に気づき慌てて外した。飯島は胸を指差す。

「お守りですよね？」

「気にしないで」

言下に言った。

　左を進むとほどなく池の真ん中に遊歩道の分かれ道が現れる。左右でボート専用の池と蓮の池に分かれている。私と飯島は制服警官と離れて遊歩道に進んだ。

「主任」半分ほどの場所で飯島が足を止めた。「今、声が」

　私は耳をそばだてた。前方で微かに女性のうめき声がした。私と飯島は同時に走る。遊歩道の詰まりにあるボートハウスで人影が見えた。

「警察だっ！　動くな」

　飯島が闇を裂く大声を発する。

　およそ十五メートル先、人影が止まった。シルエットは中肉中背、眼鏡の男性だった。一気に距離を詰め懐中電灯を向ける。迷彩柄のジャンパー、と認識できた途端、男が屈んだ。地面から白く大きな塊を引き上げる。それが女性だということに一秒の間を置いて気づく。男はぐったりと項垂れた女性の首に左腕を回し、盾にしながら歩き出した。体の血流が早くなる。

「その人を放しなさい！」

　私は怒鳴り、腰から特殊警棒を引き抜いた。無線で青島と制服警官たちに呼びかける飯島も同じく警棒を構える。

　男が眼鏡をかけているという認識は誤りだった。眼鏡ではなく、ゴーグルだ。水泳やスキーで使うような形状ではなく、軍人がかけるようなゴーグル。

「警察です。その人を放しなさい」

私はくり返した。男は聞こえていないかのように首を少しすくめ、私たちの後ろを見た。そしておもむろに女性の耳元に口をつけ、何事か囁いた。

飯島が一歩踏み出すと同時に、男が女性を池のほうに突き飛ばした。飯島が転倒した女性に気を取られる。男はスキップでもするように前方に踏み出し、無防備になった飯島の頬を裏拳で張った。声もなく飯島はバランスを崩す。

「飯島！」私は叫びながらも自分に近づく男に警棒を振った。一打は空を切った。懐中電灯の光から男が完全に消えたかと思うと腹に衝撃がめり込んだ。警棒を取り落とし、地面に崩れ落ちる。呼吸が止まり、胃の中のものが喉にせり上がった。吐くのを寸前で堪え、懐中電灯を上に向けた。

飯島が男に走り込む。素早い動きで特殊警棒を振り下ろす。ガチッ、という金属のぶつかり合う音がした。飯島の振り下ろした警棒を、男がナイフで受け止めている。一目瞭然で銃刀法違反とわかる刃渡りだった。

飯島が後方に飛びのく。私は男の目をくらまそうと懐中電灯を向けるが、読んでいたのか男は目を向けもせず手首を蹴り上げてくる。吹っ飛んだ懐中電灯がボートの上に落ちた。

飯島は再度警棒で突きにかかる、男は遊歩道を後退しながら、ナイフで警棒の連打を払い、突然腰を落とした。

目にもとまらぬ速さで飯島の腹をナイフが走った。飯島が片膝をつき、男は遊歩道を脱兎(だっと)のごとく走っていく。私はホルスターの拳銃に手をかけたが、抜くには至らなかった。

「飯島?　ケガは?」

声が震えそうになる。

「防刃ベストの上からです。スーツが台無し」強がりながらも息が乱れている。「追います」

飯島は男を追って走り出す。私はまだ痛む腹部を押さえ、後ろに倒れる被害者女性に歩み寄る。

「大丈夫ですか」

抱き起こした私は絶句した。女性は滝山郁美だった。

真中美夜子　23：28

改札を出て、広場のベンチに直行する。スーパーの袋を下げた蓮が手を振っていた。

「ただいま。待たせてごめん」

と駆け寄って、頭を下げながら突進する。

「なんでー」蓮が笑ってわたしを受け止める。「なんで頭突き?」

もやもやを吹き飛ばしたい一心で、とは言えない。

「うふふ。遅くなってごめんね」

「いいって」

「よくないよ、お詫びする。何がいい」

「じゃあ今度また肉じゃが作って。美夜子特製の」

お詫びがそれでいいなら楽勝すぎる。

レモンの香りが袋から香った。覗くと大判小判みたいなレモンの黄金色が見える。

「準備ばっちりだね」

「だよ。眠いの平気?」

「もう醒めた」

指で瞼をカッと見開いてみせる。

顔を見れば気持ちは回復すると思っていたのに、蓮の優しい言葉を聞くたびに、自分のメッキが剝がれるような感覚がある。

「帰ってこなかったらどうしようって思ったよ」

蓮が頼りない声音で言う。

「帰ってこないわけないじゃん」

「わかってるけどさ」

わたしは腕を絡めて歩幅を合わせる。

「美夜子、本読み終わった？」

「ううん、まだ」

「犯人わかった？」

「もしかしたらなんだけど、語り手の少年が怪しい」

叙述トリックの定番だけど。

「ふうん」

あれ？　なんだか蓮の頷きが楽しそうだ。

「でも犯人であってほしくないなぁ。探偵の女の子と仲良くハッピーに生きててほしい」

物語にわたしは感情移入している。祈るように。

「そっか。じゃあ違う犯人だよ、きっと」

なぜかニヤニヤして言う蓮を、斜めから見上げる。なんでニヤニヤしてるの？　と訊こうとしたら、視界の端が異物を捉えてしまった。ベンチの下に折りたたまれたカードが落ちている。わたしの視線に気づいた蓮が「さっきの二人の」と口走る。

「ん？　二人って？」

蓮はカードを拾い上げ、道の先を見やった。ベンチに置いておくかどうかを悩む様子だ。

「何それ？」

「落とし物」

カードを開いた蓮はびっくりした様子で、わたしに見せてきた。続いてわたしも驚く。

「花紗音へ」という出だしで始まっていたからだ。

春日井充朗　23：33

「ここ、いいね。静かで」

おれは振り返って階段坂を見下ろす。

「階段を上ると、高級住宅街になるんです。坂の下は庶民的なのに」

おれは坂の上を見上げ、そのまま夜空を仰いだ。白い月が夜空にぽつんと張りついていた。

「新宿区のイメージと全然違う、閑静なところです」

そうか、ここは新宿区なのか。

「花紗音ちゃんは、よく歩く？　家の周り」

「はい。目が不自由だから」

「だけどじゃなくて、だから?」

「不自由だから、自由なふりがしたいんです。きっと。自由ってことは、ふつうってことだから」

歳不相応なほど、物憂(ものう)げな表情が浮かんだ。視覚障害のある生活を、おれは想像すらしたことがない。

「ふつうって難しいもんね」

おれは言った。

「私に何かあったら親の責任になっちゃうのって、ふつうの家族じゃないですよね。十九にもなったら、親の責任だなんて言われないでしょ。障害のない子だったら。きっと」

苦しそうに言った。どうだろうか。いくつになったら人は子どもじゃなくなるんだろうか。ラインは人それぞれ、家族それぞれであるとは思う。だが目の前の少女に都合のいい一般論は響かないのだ。

さわさわと木々が揺れた。どこか遠くでサイレンの音がするが、ここは本当に静かだ。

「おれにもふつうじゃない家族がいてさ。父親なんだけど」

花紗音ちゃんが顔を向ける。

「とにかくろくでもない父で、人に迷惑ばっかりかけてて」

家族だけではない。わかっている。やくざである以上、父親は見知らぬだれかを傷つけているに決まっているのだ。おれにはその乱暴者の血が流れている。

「そういう父だったから、おれ、自分が変わらなきゃと思って。父がひどい人間なら、息子のおれが父の分までいい人間にならなきゃって、思ったんだよね」

いつからだっただろう。親への責任という十字架を、自分に課したのは。

母孝行になって、品行方正になって、人の悪口を言わなくなった。知人同士が揉めているなら、丸く収めるための道化も演じた。

とにかくいい人に。他人に社会に、害のない人間に自分はならなくてはならない。

父の埋め合わせのために。

そう思って今も生きている。八方美人なおれは父が作った。

「おれの父はおれに責任なんて持たなかった。むしろおれが、あの人の子どもであるという責任に囚われてて」

花紗音ちゃんが瞬きして、小さく頷く。

「でも石渡さんは君の言う通り、君に対してすごく責任を感じてしまってる。網膜色素変性症だっけ。さっき説明を聞いたばかりだけど、遺伝性なんだってね」

「はい。父の親族に、いたらしいですけど」

「だから石渡さんは、君の不自由が自分の遺伝子のせい、みたいに考えてるんじゃないか想像だが、確信に近かった。

「まさか。遺伝なんて、父本人にどうしようもないことじゃないですか」

「そうだよ。でも、君のお父さんは責任感の強い人だと思うから。もちろん君やお母さんにひどいこと言ったなら許さなくていいんだけど、なんていうか、無責任ではないと思うんだ」

花紗音ちゃんは黙りこくってしまった。

込み入ってしまった会話を抜け出すようにおれは「一緒にいた男子は、彼氏？」と訊ねた。

「まだ……ダメですよね、こういうの」

「ううん全然いい。ふつうの大学生っぽいよ、そういうの」

おれの言葉に花紗音ちゃんが笑った。初めて笑顔を見せてもらえた。

「春日井さん。父はどんな人ですか。会社で」

おれは少し悩んで答えた。

「今日、飲み会の後で急に頼まれたわけですよ。娘に会いたいから付き合ってほしいって」

「はい」

「でもおれは嫌がらなかった。君のお父さんの頼みだからなーって。これで伝わるかな」

花紗音ちゃんは困ったように微笑んだ。

「そうだ。誕生日おめでとう」

「あっ、ありがとうございます」花紗音ちゃんはおじぎしてからくすっと笑った。「父が信頼されているというより、春日井さんが根っからのいい人だっていうだけかも」

根っからの、か。父の贖罪から作られ始めた人間性は自分の「根」になっているのかもしれない。悪いことではないのだろう。

志田正好　23：36

GPSで追跡したトラックは四谷方面に走行する。俺と鴨居は喜多村が運転する車に乗り換え、標的を追っていた。

「覚えてるか、兎」鴨居が例のネックレスを指でなぞりながら口を開く。「おまえが初めてうちで仕事をした時の、標的」

大きく跳ねた鼓動を隠し答える。

「もちろん。不破鉄男です」

不破鉄男は不破組の先代組長だった男だ。不破組上層部と反りが合わず数年前に組長職を退いていたが、質実剛健な彼を慕う組員は多かった。そんな中組織が弱体化し、鉄男を担ぎ、新たな組織を作ろうとする者が不破組内に現れた。内部抗争を避けるため、本家上層部は傘下の名取会に鉄男の抹殺を命じた。

その抹殺が、俺の「テスト」になった。

「正直よ、おまえがムショ帰りの殺し屋だって聞いても信じられなかったんだよ俺は」

俺は心外だ、という顔で鴨居を見た。

「いや、経歴の情報も手に入ってたのにな、飲み屋で俺と知り合ったのが妙にできすぎじゃねえかってな。おまえは極道が似合わねぇ男だと思った。頭がいいし、うんちく話も妙に俺たちを煙に巻く術に感じてな。何より血の匂いがしなかったから」

動揺をため息でごまかした。

「血の匂い。ピラニアですか、鴨さんは」

「鴨のくせに人食い魚ってか」

「ピラニアが人を食うっていうのは誇張らしいです。むしろピラニアは焼くと美味いとか」

「ほー、ピラニアは食われるのか」

まるで自分が食べられる、と言わんばかりの悲しげな声だったが、すぐに笑う。

「ともかくな、不破鉄男を消した時に、おまえを信じたさ」

「なぜ」

「不破は仁義に熱い、殺すには惜しい男だった。だがおまえは殺した。名取会のためにな」

名取会がしくじれば、不破組本家から責めを負わされる。やくざの上下関係はそういうものだ。

「家族のために手を汚す男を俺は疑わねぇ」

家族。胸に宿る痛みが激しく熱を帯びた。

「俺たちは家族だろうが」

鴨居はネックレスをシャツの中にしまい入れた。少年のような笑みを浮かべる。

「俺の居場所は他にねぇんだ。だからな、兎。命懸けられんだよ」

「俺もです」と短く答えた。精一杯だった。

まもなく、前の席から「標的が止まった」と声がかかった。場所を確認しながら鴨居が名取に電話連絡を入れる。〝狩り〟の段取りが迅速に行われる。

畠山瑛隼　23：36

石渡さんと坂道を下りて、マンションへの道をのろのろ引き返していると、駅の方角から歩いてきたカップルと行き会った。男性はレンさんだった。

「やあ」とレンさんが話しかけてくる。

「あ、どうも」

レンさんはやや不思議そうな目つきをしながら、石渡さんにも会釈をした。手に持った袋からはレモンが覗いている。

レンさんの隣にいる女の人は髪を染めたきれいな人だった。パッと見て確かにレンさんとはお似合いに感じた。レンさんとは対照的に硬い表情で、助けを求めるようにレンさんの顔を見上げる。

「花紗音ちゃんのところの、お客さん」

小声でレンさんが僕について、平和な表現で説明する。僕は石渡さんに「娘さんの、お隣さんだそうです」と耳打ちする。

「娘がいつもお世話になっております」

石渡さんが頭を下げると、カップルは揃って目を丸くした。

「お、とうさまですか？　こんばんは」

驚いた様子でレンさんが挨拶し、彼女さんも後追いでおじぎした。けど、ふいに何か思い出した顔で石渡さんの顔を二度見した。

「あの、もしかして駅前で」とレンさんがポケットに手を入れた時、後ろでカッカッという音がした。白杖の音だ。振り返ると花紗音と石渡さんの部下の人が歩いてきている。

「花紗音」

同じく振り返った石渡さんが声を上げ、大股で近づいた。花紗音は俯き加減になる。石渡さんが空咳をした。

「さっきは言いすぎて悪かった」

「何を言いすぎたの」

石渡さんが言葉に詰まる。

「適当に謝ればいいって思ってるわけ？」花紗音が抑揚のない口調で言った。「私もう出歩かないから、帰ってよ。放っておいて」

視界の端で、レンさんと彼女さんがゆっくりとフェードアウトを試みていた。石渡さんの部下の人は妙に無表情で、花紗音の斜め後ろに佇んでいる。僕は花紗音に加勢したいような、宥めたいような、複雑な気持ちになる。

「……放っておくわけにはいかない」

石渡さんが絞り出すように言った。花紗音が「え？」と聞き返す。

真中美夜子　23：37

放っておくわけにはいかない、と聞こえた。かさねちゃんのお父さんの声だ。というか、このお父さんと、かさねちゃんの後ろに立っている長身のサラリーマン、絶対さっき『腹くちい』にいた客だ。あの、ハードロックのくだりの人たち。目が合って、相手も気付いた様子だった。けど、どうやらシビアに、取り込み中だ。わたしは蓮と一緒に忍び足で場から離れる。

「なんで？　なんで放っといてくれないの」

かさねちゃんが言い返すのを背に聞く。

「それは……伝えないといけないから」

「伝える？」

「あ、あ、愛は伝えなきゃいけないものだからだ！」

わたしと蓮の足が止まった。同時に振り返る。かさねちゃんのお父さんは背筋をピッと伸ばしている。今のセリフを、わたしはつい最近目にしていた。鞄に入っている小説で。

「つい最近、本で読んだ言葉だ。心に響いたんだよ。心に響いたなら実行すべきだろう」

かさねちゃんのお父さんが続ける。やはり『放課後は虹と消える』を読んだのか。

ところが意外な出来事がさらに続く。かさねちゃんのお父さんを見る三人の反応だ。

若いサラリーマンは、なぜかかさねちゃんのお父さんに向かって口を尖らした。かさねちゃんと男の子は二人で顔を見合わせた。そしてなぜか男の子のほうが目を潤ませて、顔を伏せてしまった。

　ぷっ、と噴き出したのはかさねちゃんだった。おかしそうに笑い、つられて男の子も笑う。場の空気が弛緩したけど、発言者のお父さんは明らかに戸惑っている。かさねちゃんは笑いを収めた。しくじってしまった、という表情をしている。そして父親を見据える。

「どんなふうに伝えるのよ？」

「それは……」

　若いサラリーマンと蓮が示し合わせたかのように、同時に動いた。かさねちゃんのお父さんの両サイドに歩み寄り、サラリーマンは包装された小箱を、蓮はメッセージカードをそれぞれ握らせる。

「あ、カード」

　と若いサラリーマンが小声で驚く。

「駅前に落ちてて。届けないと、って」

「平和なポップミュージック。さすが」

「え？」

「いえいえ」

　二人はまるで黒子のようにさっと離れる。

　かさねちゃんのお父さんは気を取り直した様子で小箱とカードを娘に差し出す。開いたカードを読み上げる。

「元気でいてくれてありがとう。次の一年も元気でいてくれ」

かさねちゃんはプレゼントを受け取ってから、「うん。ありがと」と小さく頷いた。蓮に目配せされ、わたしは今度こそ場を離れていく。ポップミュージックってなんだろう、と蓮がつぶやき、「ああ、うん、ねっ」とわたしは苦笑いする。

畠山瑛隼　23：41

石渡さんと部下の人は帰っていった。

花紗音と僕は無言のまま角部屋に戻り、鍵を開けっぱなしだったドアをくぐる。

大きなため息を花紗音がついた。

「畠山くんの本、お父さんが読んでるなんて」

「びっくりした。……どっきりじゃないよね」

未だに信じられなかった。

「畠山くんが動かしてくれたお父さんを、私は無視するわけにはいかないよ」

だからメッセージとプレゼントを受け取ったのだという。僕の物語が人の人生に小さな影響を与えた。賞を取っても読者の評価を読んでも、自分の作品を素直に認められなかった。コンプレックスにまみれていたから。でも花紗音の役に立てたなら、喜べる。じんわりと熱いものが胸に広がる。僕の物語には価値があって、だれかにささやかな影響を与えていたのかもしれない、と、ようやく実感が湧いた。

「もう自分に中身がないなんて言わないでね」

杖を置き、サンダルを脱ぎ、部屋の奥に進む。僕も続いて入室した。

「っていうか今夜は、ごめん。本当に」

花紗音が硬い声で頭を下げた。謝ることなんてないと思うのに目を潤ませている。スタバで見せた演技ではなかったし、スタバのあれも演技ではなかったんじゃないかという気がした。

部屋の電気をつけ、花紗音がプレゼントを開けた。万年筆だった。弱視の娘へのプレゼントとするには、意外なものに感じた。

「……私の目の病気ってね、だんだん見えなくなるの」

「へっ？」

唐突な言葉に僕は間抜けな声を出す。

「進行は個人差があって、私はゆっくりだから、視野狭窄もこの二、三年変わらない。でも今はまだ確実な治療法がないから、悪くなるのは確実なんだ。最終的には失明する可能性もある。いつになるかはわかんないけど」

呆然と僕は彼女を見つめていた。部屋は明るいのに、窓の外の闇がじわじわと入り込み、花紗音を包み込む。そんな不吉な錯覚を覚えてしまう。

目が悪いことは知っていても、病気の詳細を聞くことはしてこなかった。淡々と告げられる事実は、ショックだった。けど花紗音は、いつもみたいに笑顔を浮かべて万年筆を握った。

「きっと、私が失明しない、むしろよくなる未来に期待を込めて、このチョイスなんだよ。お父さん」

逆にプレッシャーになるっつーのにね、と口を尖らす。

「あ、でも失明してもカラオケは行きたいな。障害者向けのアプリがあって……」

僕は花紗音の手を取った。もしも見えなくなっても、僕が手を引けばいい。それだけの話じゃないか。甘い考えだろうとなんだろうと、そうしたいと強く願う。

真中美夜子　23：43

「シャワー浴びる？」

ダイニングテーブルに買ってきた中身を並べながら、蓮が言う。

「いい。飲んじゃおう」

なんならそのまま寝ちゃって朝風呂でいい。というわたしの内心を見越した蓮が、「じゃ化粧だけ落としちゃえば」と適切な助言をくれる。

洗面所に入り、メイク落としシートと昼に乾いたばかりのタオルを取る。

鏡に映る自分に「お疲れ様」を伝える。目の前の女は、今の幸せを続けることができるのか。

ユウから逃げたように、蓮からも逃げたがっている。優しい日常がわたしは怖い。不安を呼び起こすのは安心感を知ったからだ。

さっきのかさねちゃんのお父さんの言葉が耳の奥に残っている。「元気でいてくれてありがとう」。プレゼントを受け取り、微かに、でも確かに微笑んだかさねちゃんの顔も。

羨ましいと感じた。詳しいことは知らないけど、親子関係が上手くいっていなかったんだろう。でも今夜あの親子は素直な気持ちを渡し合っていた。羨ましいし、眩しい。

両親はわたしが家出して一年が過ぎた頃、離婚した。離婚すらも、まるで「娘のためには別れた方がいい」と言いたげに行われた。

親権は父が持った。現在では母とも連絡を取るけど、そうなるまで長い時間がかかった。そして二人を、まだわたしは許せていない。娘を互いの道具のように扱っていたことを、いつまでも恨んでいる。

どんなに否定しても、わたしは「ジョーカー」だ。わたしの中で家族とは信頼できない、冷たいものの象徴でしかない。

　メイクを落としたわたしは服も部屋着に着替えた。蓮と共同で使っているシャツを着る。これも今日、乾いたばかり。もともとは蓮の持ち物の、マントヒヒの絵がでかでかと描かれたシャツだ。五年以上着ているシャツはくたびれているけど、蓮は気に入っていて、わたしもかわいいと思っている。他にもユニークな動物柄のシャツを揃えたお店で買ったそうだけど、閉店しているそうだ。お揃いを買いたかったね、と二人で残念がっていた。

　レモンの香りのするダイニングに戻る。

「やー、本当びっくりだったね、さっきの」蓮が言う。「お隣さんもいろいろあるんだな」

「カード拾っておいてよかったね」

「それな」

　わたしは冷蔵庫に近づく。レモンサワーの準備を着々と進めている蓮を見つめると、

「久しぶりだよね、作るの」と蓮がほのかに笑った。ステアに使うマドラーを拭っている。

「覚えてる？　付き合って最初の共同作業」

「覚えてるよ」わたしは冷凍庫から氷を出した。「蓮」

「ん？」

「実はね、今の仕事場で正社員にならないかって話が出てるんだ」

「へぇ。いいじゃん？　いい職場でしょ」

「でも社員になればいろいろ変わるだろうし」

氷をボウルに入れてテーブルに置く。

「まぁね〜。良くも悪くも」

「かといってずっとアルバイトのアラサーも考えものだよね」

「そこは別にいいよ」蓮はこともなげに笑う。「でもアルバイトから進化できるなら、してもいいんじゃない」

「アルバイトが進化？」

「メガバイト」

「次はギガバイトか」

氷は出番を待ちながらゆっくりと溶け始めている。涙みたいに身を溶かして、限られた時間を知らせている。

「蓮さ。わたしと別れること考えたりしないの？」

「ん？　何それ」

レモンを手に笑い飛ばそうとした蓮は、わたしを見て、表情を変えた。

記憶は厄介だ。過ぎ去った事象のくせに、未来に不安を残す。

蓮との幸せが続くという未来は、蓮と家族になるという「ふつう」を意味しているはずだ。どれだけあいまいにぼかしても、別れないなら、いつかは考えなきゃならない。

名前も知らない子どもと、楽しそうに雪だるまを作っていた蓮が脳裏に浮かぶ。子どもが、蓮そっくりの顔になる。あの両親の血を引くわたしがその隣に立つ。二人に触れようとすれば、白い世界に黒い染みが落ちる。黒は広がっていって、雪は泥の海になってしまう。かさねちゃん親子の「和解」を見て、想像は胸にとどめておけなくなってしまった。

わたしは蓮の幸せを作れない気がして、仕方がない。

「別れるっていうより……」

蓮はレモンを置いて、おもむろにリビングに入っていった。すぐに一枚の紙を手に戻ってくると、それを焼酎ボトルの横に広げた。

婚姻届と書いてあった。テレビで見たことがある。

わたしは蓮を見やった。蓮がわたしの頭に手を置いた。頭の中でまだ再生中だった「泥の海」映像が、ぽん、と音を立てて消える。

「美夜子、結婚しようよ」

「え？」

「結婚」

「なんで？　なんでいきなりプロポーズ？」

「いきなりステーキみたいに言わないでよ」

いきなりステーキはどうでもいい。わたしは婚姻届を持ち上げて、まじまじと眺めた。「夫になる人」の欄には浜谷(はまたに)蓮という名前、生年月日に住所が書かれていてハンコも押されている。

「前に夜景の見えるレストランとか、そういうのは合わないって言ってたから」

「にしてもだよ。なんで、今」

わたしは声が震えた。喜怒哀楽のどれにも当てはまらない興奮だった。

「俺もこれを用意しておきながら、なかなか出せなくて、悩んでた。でもいろいろ重なって。洗濯機が壊れたこととか、ディズニーシーで迷子になったこととか、美夜子が煙草を減らしてくれてることとか、うちの店の新商品が好評なこととか」

「全部関係ない」

「全部関係あるんだ。奇跡一つ起こすために、全部」蓮は言う。「今日伝えなきゃって思ったんだよ。俺も、愛は伝えなきゃって」

こんなロマンのないあっけない、だまし討ちみたいなプロポーズに、胸の内から光が溢れてこようとしている。

逃げるように、というか逃げる以外のなんでもなくわたしはベランダに出た。見上げた空には澄ました顔の月が浮かんでいる。

鴻上優紀　23：58

月明かりの下、私と飯島は不忍池周辺をくまなく捜査した。緊急配備も敷いたが、ゴーグルの男の行方は摑めなかった。

その後青島の連絡で滝山郁美が搬送された病院に向かった。通常は病院に運ばれた後の被害者聴取は機捜の範疇外だ。しかし今回は被害者が直前に別件で関わった女性というケースだった。何より本人が私たちに話をしたいと言ったらしく、青島が加えてくれた。

聴取は病室で行った。滝山の外傷は肩の打撲と右足の捻挫、頰の擦過傷で、命に別状はなかったが、ひどく怯え切っていた。入室して挨拶した私たちにか細い声を投げる。

「刑事さん……あの人は？」

「犯人は未だ逃走中です。すみません」

「あたしこそ、すみませんでした……」

滝山は大きく深呼吸した。

メモを取る飯島が口を開く。

「あなたを襲ったのはだれなんですか」

「キリシマと名乗っていました。漢字はわかりません。ほ、本名かどうかも……。ある日突然、あたしの前に現れて、言ったんです。『おまえの厄災を取り除く』って」

私と飯島は目を見合わせた。宗教家や霊能者のような言葉だ。

「どういう、ことですか」

「あたし、中西と付き合っていました。彼が、やくざだなんて知らなくて。いつも優しかったから……でも付き合い始めたら、怒鳴ったり、束縛したり、されて……。でも別れたり、警察に話したりするともっとひどいことをされそうで」

たどたどしく語る滝山の目から涙が落ちる。

私はその背中をゆっくりさすった。

「無理もないことです。あなたは悪くありませんよ」

再び息を吸い、滝山が続ける。

「中西のことで悩んでいたら、キリシマが現れたんです。公園に座っていたら突然。もちろん怖かったんですけど、自分は中西を恨んでいる、あたしの味方だって言って、あたしの苦しみを淡々と聞いてくれたから……気を許してしまって。そうしたら彼が、言ったんです」

「おまえの厄災を取り除く?」飯島が問い、滝山が首肯する。「厄災ってつまり、中西のことでしょうか」

「あたしもそう聞き返しました。すると、もっと大きいものだって」

「よく、わからないんですけど、中西が入っている、やくざ組織そのものなのかなってあたしは感じました」

私は予想だにしない衝撃に瞬きをした。

「名取会そのもの、ですか」

「本気にはしなかったんですけど、今夜、中西と連絡が取れなくなって」

剣呑（けんのん）な緊張感が私の頭を射貫いた。

「連絡が取れなくなった？」

「はい」

いつもは決められた時刻に電話をしないと怒るのに、電話もメールも反応がなかったという。そしてアリシアから上野の自宅に帰る途中、滝山はキリシマから呼び出された。

「行ってみると、報告をされました」

滝山が身を震わせて目を閉じる。私は震える彼女の手をそっと握り、促（うなが）す。

「……キリシマは中西を、殺したと言っていました。今夜。し、死体の写真も見せてきました」

飯島のペンが止まる。同席していた青島も顔色を変えた。

「それで？」

「今夜、全てが終わるから一緒に、見守ってくれないか、と。あたし、恐ろしくて警察に通報しようとしました」

滝山から見て、キリシマは失望した様子だった、という。そして滝山を殴り始めた。

「最後に、あなたに何か耳打ちしましたね。彼はなんと?」

滝山は目を開いた。

「……レッドキャップを忘れるな」

「レッドキャップ?」

聞き覚えがある。最近、東京で勢力を伸ばしている半グレ集団だ。ふざけた名前だが、組対やマル暴でもなかなか実態が摑み切れない地下組織。キリシマはレッドキャップの構成員なのか。確かにナイフ術と格闘能力の高さは素人とは到底考えられなかった。

もしレッドキャップなら「厄災=名取会を取り除く」という発言は、大言壮語とも言い切れない。レッドキャップが名取会になんらかの抗争を仕掛けている可能性があるからだ。

第一の問題は、中西が殺されているのか否かだろう。

「今夜、中西はどこに行くとか、話していましたか?」

「わからないです。でも、よく話に出ていた、若頭っていう人と一緒にいたのかと」

「名取会の現若頭といえば茶木倫行か?」

青島が口を開いた。滝山はこくりと頷いた。飯島の視線を感じた。私の顔色が変わったのに気づいたのだろう。

「他によく聞いた名前は？」

青島が続けて問う。少しためらってから滝山は言った。

「一度、話をしたことのある組員の人がいます。ウサミさんという人で。キリシマが現れる前にあたしの相談に乗ってくれた人です。もしかしたらキリシマと関係あるのかも」

滝山は知りうる限りの情報をその後も話した。聴取を終え、私は「ゆっくり休んでください」と言い残し病室を後にした。

名取会とレッドキャップの間で良からぬ抗争が起きようとしているのか、あるいは起きているのか。気になるところではあったが、それ以上の捜査は機捜の役目ではない。私と飯島は青島に後を託し、パトロールに戻るだけだった。

春日井充朗　0：12

終電手前の中井駅ホームで、おれと石渡さんは並んでいた。おれはマザーグースハイムで見かけたカップルを思い返している。男は駅前にいたレモンの彼。彼女のほうは、『腹くちい』の店員、美夜子だった。こんな偶然があるとは、世間は狭い。

「春日井くんさ」

石渡さんに話しかけられ顔を向ける。

「はーい」

「ありがとね」

「いいえ。刺激的でした」

内田くんだったらドラマチックを喜んだかもしれない。

「熱かったですよ、お父さんの愛の言葉。小説読んだって嘘ついてましたけど」

改めておれが言うと石渡さんは手で顔を覆った。かわいらしいしぐさに苦笑する。

「神様も許してくれる嘘ですよ」

「無宗教な俺たちを神は見てないんじゃなかったかい」

「前言撤回です。ぼくたちを弄んで笑ってますよ」

娘にはサービスしてほしいな、と石渡さんはしんみり笑う。

石渡さんが娘に伝えたメッセージを思い返す。元気でいてくれてありがとう。次の一年も元気でいてくれ。

「娘さん、喜んでますよきっと」

「まさか。親に気を遣っているんだろ」

意外な気持ちで石渡さんを見る。娘の気持ちを慮(おもんぱか)るには鈍感だと思い込んでいた。

「春日井くんはお父さんと仲いい?」

あまりに自然な流れで出された質問に、ごまかしが浮かばなかった。

「いえ……あまりいい父親じゃなかったので。長いこと会ってません」

「そうなんだ。……会いたいと思うことは?」

「会っても恨み言しか出てきませんよ」

「だったら会っときなさいよ」

石渡さんがきっぱりと言うので顔をまじまじと見つめる。だったらという接続詞が不可解だった。

「恨み言でもさ、親は子どもの声は聞きたいんだよ。身勝手でどうしようもなくても。声聞くだけでいいんだから」

ホームにアナウンスが響く。おれは反論ができない。

父に声を聞かせてやるつもりなんて起きなかった。なのに揺らいでしまったのは、他ならぬ石渡さんの声と表情が優しすぎたからだ。

父はどんな声をしていただろう。

鴻上優紀　0:15

「茶木とはどんな人物です?」

予想していたがやはり飯島は問いかけてきた。私は端的に答えた。

「頭脳タイプの極道よ」

「主任と何か因縁が?」

「三年前、不破組と名取会の内偵をしていた時、上層部から捜査の中止を命じられた。確たる証拠はないけれど、警視庁上層部と連中の間に癒着があった」

飯島が息を呑んだ。

「珍しい話じゃないわ。調べたところ、名取会と警察のパイプを築きえたのは茶木倫行よ」

「主任はどうしたんですか?」

薄く笑おうとして、上手くいかなかった。

「個人的な友人が厚労省にいて、情報をリークした」

「厚労省? ……まさか友人って」

首肯して答える。

「麻取に情報をリークしたんですか？」

飯島の声が裏返る。

厚労省管轄の麻薬取締部。その名のとおり麻薬、覚せい剤等の不正薬物に関わる事件を扱う捜査機関だ。警察の、とくに組織犯罪対策部とは捜査対象が重複しやすい。協力し合うこともあるが、基本的にはライバル関係である。私はライバルに情報を流したのだ。警察が動けないなら、麻取に摘発してほしかった。彼らは警察にはできない潜入捜査も実施できる、薬物捜査のプロだ。

その行動を上層部に気取られた。リークの証拠は残さなかったし、最後まで否定をした。

「おかげで部署異動程度で済んだ」

数秒の沈黙が落ちた。飯島は私の行為に対して怒っているのだと思った。

「腐ってるじゃないですか、組織」

飯島が吐き捨てる。

不意打ちだった。その物言いは、かつて私が見守ったあの子と見事に重なった。

――腐ってるじゃん世の中。なのに人には腐るなって言うわけ？

場違いな記憶の蘇生（そせい）に、言葉が詰まる。手は再び、自然と胸ポケットに伸びる。

答えない私の態度を誤解したのか、「また口が過ぎてすいません」と飯島はハンドルを叩く。私は冷めた声音で言う。

「組織に立ち向かうことはできないわ。テレビドラマじゃないんだから」

でも、と飯島は力強く言う。

「でも主任は抵抗したんですよね。かっこいいですよ。惚れ直します」

「バカ言わないで」

と、きつく言い返してしまう。飯島は心外そうな顔をして黙ってしまう。

話を逸らすように「まぁそれにしても」と切り出す。

「滝山さんがアリシアで話しておいてくれたらなぁ」

私も気を取り直して話に乗った。

「やくざの彼女であることなんて言えないわ」

「そうですけど。秘密にするからケガをすることになったんですよ」

なぜだろうか。飯島の言葉がいちいち心のもろい部分に刺さってしまう。

「人には明かせないこともある。あなたにはわからないでしょうけど」

赤信号にぶつかる。飯島のブレーキは僅かに乱暴だった。

「やはり主任、自分のこと嫌いですね」

「また戻るの？」

「失礼しました。もう黙ります」

最悪な気分に陥る。犯罪への怒りなのか、飯島への苛立ちなのか、自己嫌悪なのか。判別もつかない、気持ち悪い気分だ。

それでも私は冷静さを無理に取り繕う。私の気分が職務に支障をきたしてはいけない。二十四時間のパトロールが終わるまでは、私は芯まで警察官でなくてはいけなかった。

志田正好　0：25

細い道路が入り組む高田馬場の住宅街にある、二階建てのアパートだった。一階と二階合わせて十戸。一階の一〇二号室のドアの前に俺は待機する。耳に入れたマイクの声がカウントダウンを刻む。

カウントゼロで、部屋の中で小さく、窓ガラスの割れる音がした。男たちの怒声と物音が短く絡み合う。慌ただしい足音が近づき、内側で鍵が開く音がした。ドアが開く。

顔を出したのは倉庫で格闘したパーカー男だった。目の前にいる俺を認識する間を与えず、顔面を正拳で突く。部屋の中に飛んだ男は背後の鴨居の木槌を、頬に受けた。

ワンルームの通路で窓から侵入した鴨居と喜多村がパーカー男を文字どおりぼこぼこにする。俺は割って入り、眉のない顔が血まみれになった男を、絨毯に押し倒す。鼻が折れ、前歯が欠けていた。

「なんで場所がわかったか不思議だろ？　俺たちをGPSで騙したはずなのにな。トラックの荷台に俺が置いた発信機は半蔵門で止まった。心配すんな。うちの別動隊が見に行ったよ。放置されたバイクと発信機をな」

　トラックの荷台に仕掛けた発信機は、この男にばれているとわかっていた。おそらく俺たちを誘導するのに使うだろうと予測した。

「あいにく発信機はもう一つ持ってたんだ」バックパックが三つだった場合のために用意した予備を俺は持っていた。「真打はここだ」

　俺はパーカーのフードに手を突っ込んだ。発信機を取り出して見せる。瞠目した男が獣のように吠える。

「部屋番号が問題だったんだが……」

　包帯が巻かれた男の左手を摑んだ。血が滲んでいる。プリウスのガラスで切った傷だ。右腕は骨をやられているから、鍵を開けるのは左手だったのだろう。

「ノブに血を残しておいてくれてありがとよ」

「おまえ、阿比留っていうらしいな」喜多村が男を見下ろしながら言った。ポストはすでに検めている。「本名なのか知らんが、とりあえずそう呼ばせてもらおう。死にたくなきゃ仲間の居所を吐け。ブツと若頭の居所もな」

　阿比留はニヤニヤと笑った。

「窓、弁償しろよ、やーさんたち」予想より高い声だった。「大家に怒られちまう」

うそぶく阿比留を一瞥した喜多村は、阿比留の折れている右腕を靴で踏みつけた。鴨居が手際よく雑巾(ぞうきん)を阿比留の口に押し込み、絶叫の消音を図る。

「舐めてんじゃねぇぞ馬鹿野郎」

ドスの効いた喜多村の声が落ちる。

「言え！」

俺は阿比留の耳元で怒鳴った。これ以上の拷問は本意ではない。涙目の阿比留が言語にならない声を発する。

鴨居が雑巾を引き抜く。

「わかった……言う」

「どこだ？」

「ここだ」

俺と喜多村は目を見合わせた。

「ここに仲間が来んのか？」

鴨居が訊ねる。阿比留は得意げに笑った。

「もう来てる」

割れていた部屋の窓ガラスから風が入る。

「散れ！」

鴨居が叫んだ。ベランダに音もなく立っていた男が部屋に飛び込んだ。大きなナイフを持っていた。俺はローテーブルをひっくり返した。男は軽く飛び越えナイフを振り下ろす。俺は絨毯を転がって身を躱した。

髪を逆立てた男は、ゴーグルをしたうえ、赤いバンダナで口元を覆っていた。迷彩服と合わせて、サバイバルゲーム愛好者と言われればすんなり信じる出で立ちだった。

鴨居が素早く男の背後を取り、木槌を振った。男は振り向きざまにナイフを振った。

「ってっ」

鴨居が手を押さえて木槌を落とした。

「鴨さんっ」

鴨居がしゃがみ込む。鴨居を飛び越えて喜多村が手を突き出した。手に包丁を持っていた。台所から拝借したのだろう。ゴーグル男は喜多村の一撃を躱す。喜多村は続けて刺しにかかると見せかけ、包丁を投げた。

包丁はフェイントだ。喜多村はスーツの袖口から引き出した特殊警棒で横殴りにした。警棒でナイフを弾かれ、ゴーグル男は壁に肩をぶつける。

俺は体当たりをかました。ふらついた男は二本目のナイフを抜いたが、喜多村の特殊警棒の攻撃を受け、防戦一方になる。

窓際に追いつめた喜多村は嘲笑したが、俺は不気味さを感じていた。アパートの周囲は組員を複数配置しているはずだ。この男はそれを突破してきた。

「なぁ」鴨居がスタンガンを手に身構える。「中西と双海の兄貴を殺ったのはてめぇか」

こともなげにゴーグル男が頷き、窓から離れた。その動きが不穏だった。

俺は飛び出し、喜多村の手を引っ張った。バシッ、バシッと壁に穴が開いた。サプレッサー付き拳銃の銃撃だ。窓の外、裏路地にバイクに跨るスーツの男が見える。トラックを運転していた長髪の男か。

「ぐああっ」と喜多村が叫ぶ。俺がぎりぎりで庇ったが、頬を深く銃弾に抉られていた。

立て続けに窓の外から銃弾が撃ち込まれる。

顔を押さえて倒れた喜多村にゴーグル男がナイフを向けて近づく。俺は銃弾の恐怖を薙ぎ払い、突進した。

鴻上優紀　0：30

池袋駅近く、明治通りを走行中にその無線入電はあった。

『くり返す。被疑者は複数。銃器を所持。複数の銃声を確認』

住宅街で乱闘騒ぎが起き、当事者の何名かが銃を撃っている。にわかには信じがたい大事件だった。

『付近を巡回中のパトカーはただちに急行せよ。新宿区高田馬場——』

目を瞠りながら飯島がスピードを上げる。飛ばせば五分。今夜は「引きがいい」どころではなさそうだった。

雑司ヶ谷を通り過ぎた頃、私たち以外にもサイレンを鳴らすパトカーが増え始める。

「次の路地、左に入って！　近道」

私の指示で飯島がハンドルを切る。

志田正好　0：30

狭い玄関通路で、ゴーグル男のナイフをスパナで叩き落とす。

男の肩越しに部屋の奥に目をやる。援護射撃を受けた阿比留が反撃に転じ、鴨居と争っている。スタンガンを持った鴨居の手に噛みつき、左手のフライパンで殴りつける。

注意を向けた途端ゴーグル男のひじ打ちを食らい、壁に背中を打つ。ゴーグル男は新たなナイフを腰から抜いた。最小限のモーションで、何度も的確に刃を突き出してくる。

ナイフに意識を割かれ、蹴りを足に受ける。強烈な痛みに膝をつく。反射的に頭を庇う形にスパナを構えた。ナイフの一撃でスパナが飛ばされた。左手で催涙スプレーを出し立ち上がると、左腕に蛇のようにゴーグル男の右腕が絡みついた。先の動きを直感し、ゾッとしてスプレーを無茶苦茶に噴射した。ロックされる間際に腕を引き抜く。反らした首から紙一重の位置をナイフが走り、戻る刃でスプレーが弾かれる。

息つく間もなくナイフが振り下ろされ、飛びのくと木製の靴箱に刺さった。柄を押さえて放った右フックはダッキングで避けられ、俺は玄関ドアまで体ごと押しやられる。男がナイフを持つ右手首を必死に押さえるが、男の左腕が俺の頸動脈を着実に圧迫してくる。意識を奪われる前に後ろ手でドアを開けた。支えを失い、外廊下に倒れる。ゴーグル男はバランスをすぐに保ち、馬乗り状態からナイフを振るう。身を捻ったが左腕に冷たい痛みが走る。闇雲に膝蹴りを打ち、馬乗り状態からどうにか脱した。

その時、ひっ、という小さな声を聞いた。距離にして三メートルと離れていない、集合ポストの前に若い男が立っている。ポストを開けた状態で啞然とこちらを見ていた。アパートの住人だ。心臓を締め付けられる。逃げろ、と声を出す間もなく、ナイフを避けた俺は地面を転がり、住人の男の足元に倒れてしまう。丸腰ではしのぎ切れない。藁にも縋る思いで見上げると開いたポストがあった。郵便物とは思えない異様な中身が目に飛び込む。

俺は跳ね起き、ポストの中身を引っ摑んで、ゴーグル男に投げつけた。

音を立て、男のゴーグルにヒットしたのは、トマトだった。トマトはゴーグルで潰れて地面に落ちる。ゴーグル男は足を止め、ゴーグルを拭った。なぜか知らないが、ポストにはミニトマトも大量に入っていた。余計なことは考えずそれも投げつける。思わぬ野菜の投擲に、ゴーグル男は虚を衝かれて立ち尽くした。

「兎！」

背後から男たちが駆けつけてくる。振り向くと筆頭は竹脇だった。現場に現れるのは珍しい舎弟頭は、憤怒の表情でサプレッサー付きのマカロフを構えている。まさかこんな場所で撃つのか、と訝るうちに竹脇は発砲した。

若い住人が悲鳴を上げて尻餅をつく。弾丸はゴーグル男の頰を掠めた。狙いは頭だったはずだ。ゴーグル男は驚くべき反射神経で身を躱していた。廊下の手すりを飛び越え、道路を駆け抜けていく。

「兎、鴨と喜多村は？」

「部屋の中で……」

言葉が途切れた。パトカーのサイレンが近づいてきたからだ。

竹脇は素早く組員に指示し一〇二号室に突入させる。俺は腰を抜かしている住人の男の前に屈んだ。ひっ、と息を呑む。整っているがあどけない顔が歪んでいる。

「悪かったな。おかげで助かった」

ポストの下に散らばるトマトを指して言うと、がくがくと首を横に振る。俺は一〇二号室に戻った。喜多村は壁に手をつき立ち上がっていた。右頬がぱっくりと裂けて、耳たぶがちぎれていた。

「鴨はどうした」

阿比留の姿もない。喜多村が窓を示す。吹き込む風がカーテンを揺らしていた。鴨居のスタンガンが落ちている。秒刻みで外のパトカーのサイレンの厚みが増していく。

「オジキたちはばらけて逃げてください。追うぞ、兎」

言うが早いか飛び出した喜多村に続き、俺は窓から外に出た。

鴻上優紀　0：40

事件現場のアパートから約七、八十メートルの位置の路肩に停車した。降車しようとドアを開けた時、けたたましいエンジン音とともに一台のバイクが前方から曲がってきた。私たちの車に遮られる形でブレーキをかける。男性の二人乗りだった。

「止まりなさい」

私はほぼ条件反射で叫んでいた。後方に乗っている男はハーフヘルメットで顔が見えたが、真新しい痣だらけだった。左手に巻いた包帯も赤く染まっている。尋常ではない。

フルフェイスヘルメットのライダーのほうがスーツの懐に手を入れた。

「警察だ。動くな！」

危険を察知したのか飯島が叫ぶ。だがその刹那、彼らの背後の民家の塀を、男が飛び越えてきた。心臓が跳ねる。着地した男はバイクの二人に思い切り体当たりする。悲鳴とともに二人が倒れ込んだ。

「逃げんなよ」

飛び降りてきた男は柄シャツを着た人相の悪い中年男で、彼も顔にケガをしている。右手に鎖を巻いていた。

「全員動かないで」

特殊警棒ではなく、拳銃を引き抜き、銃口を向けた。まだスライドを引いていないため弾は出ない。ハッタリをかましてでも、男たちの動きを止めないとまずいと直感が働いた。が、ダメだった。ハーフヘルメットの男が飛び起きて猛犬のように私に突っ込んでくる。飯島が私の前に出て男と組み合う。男の怒号が耳をつんざく。

背後の男二人も動いた。私は急ぎ拳銃のスライドを引く。フルフェイスの男が走ろうとし、柄シャツの男が背中に組み付く。

飯島がハーフヘルメットの男の懐に入り、腰を落とす。電光石火の背負い投げが決まる。

「確保っ！」

飯島は倒れた男のタトゥーだらけの右手首に手錠を嵌める。悲鳴が上がった。男は流血している左手以上に右腕を負傷していたらしく、赤紫に変色している。

バチンという音が突如響いた。反射的に屈む。アスファルトに薬莢が跳ねた。

目の前の光景に驚愕する。フルフェイスの男と柄シャツの男が自動式拳銃を奪い合って、もみ合っている。今の一発は上空に発砲されていた。

「離れて！」

私は飯島とともにハーフヘルメットの男を電柱の陰に引きずり、自分たちも身を屈めた。

「嘘でしょ。こんなところで……」

もみ合う二人を見て飯島が顔を引きつらせ、拳銃を引き抜いた。スライドを引くのに何度も小さく息を吸っている。肝は据わっているが、所轄の地域課と刑事課で銃撃戦の経験などなかったに違いない。

「冷静に」私は言った。「機捜の醍醐味よ」

「……了解」

「貴様らっ、動くな」

私たちの後ろから数人の刑事と制服警官が走ってきた。

「拳銃を所持しています！」

私の警告と重なるようにして、再び銃が発砲された。飯島が小さく悲鳴を上げる。弾は連射され、アスファルトを撥ねた。

目を向けるとフルフェイスの持っている拳銃はスライドが後退したホールドオープン状態で固まっていた。弾切れなのだ。一体何発撃ったのかと考えるのは恐ろしいが、とにかくチャンスだった。

手で飯島と警官たちに突撃の合図を送る。

まさにその時、新手の男二人が塀を乗り越えてきた。

どちらも濃紺のスーツを着た三十代ぐらいの男。一人は髪をオールバックにした背の高い男だった。もう一人は髭を生やした短髪の男だが、右の頬が深く抉れている。

髭のほうが私たちに向けて突っ込んできた。

こちらをよそ見した柄シャツはフルフェイスの頭突きを食らって尻餅をつく。髭の男は飛びかかった飯島と制服警官を突き飛ばす。勢いのまま拳銃を向けた私の両手を押さえてくる。強烈な腕力だった。

髭の男が荒々しく吠え、私の両腕が抱え込まれる。両足がふわりと宙に浮いた。視界が歪み半身に衝撃が走る。アスファルトに投げ飛ばされたのだ。息が詰まる。

見上げた先にバイクで走り去るフルフェイスの男と、それを走って追う柄シャツが見えた。バイクのナンバーを目に焼き付ける。

もう一人の長身の男が飯島と格闘していた。

背負い投げを狙う飯島の顔を掌底で突き、耳を平手で打った。私は体を奮い立たせ、長身の男に組みついた。

足をかけて倒そうとしたが、男は重心を崩さず、私の体を押しのけた。左腕に流血があった。迷わず上から両手の爪を立てると男が苦悶の声とともに顔を下げた。

正面から互いの顔を見合う。

目つきは鋭いが、大人しそうな顔立ち。

一瞬、私は動きが止まった。男も、目と口を開いた。

「ウサミぃ！　逃げろ」

警官たちに取り押さえられた髭の男が声を張り上げる。ハッとした様子で男は私を払いのけ、警棒を手に迫った刑事をいなして殴り倒す。動物的な運動神経で塀をよじ登り、姿が消える。殴られた刑事と警官たちが追う。

「主任……」

振り返ると飯島が耳を押さえてふらついている。平手で聴覚を麻痺させられたようだ。

「今の男、知っているんですか」

「バイクと柄シャツのほうを追うわよ」

混乱する頭を横に振り、覆面パトカーに向かう。

真中美夜子　0：48

氷を入れたグラスに、焼酎と炭酸水を入れる。配合は六対四。蓮が切ったレモンを、絞り入れる。レモン果汁が全体に広がるようにマドラーで混ぜる。甘みを出したいわたしは、好みではちみつを足す。

最後に切ったレモンを添え、レモンサワーの出来上がりだ。

冷蔵庫から自家製のピクルスと、魚肉ソーセージを出しておつまみにした。

乾杯、と二人でグラスを鳴らしてから三十分が経った。

プロポーズの答えは晩酌（ばんしゃく）の後で、と蓮が言った。クイズの答えはＣＭの後で、みたいに。

「やっぱり急で悪かったかな」

視線はレモンで汚れないようテーブルの端に寄せた婚姻届に向けられている。

「喜んではいるんだよ、わたし」

「マジで？　もうちょっと醸し出して」

わたしは笑って、レモンサワーを飲む。酸味と甘みが体に染み入る。

「わたしでいいの？　蓮」

訊ねてしまう。

「他にだれがいるの」

健全な家庭環境で育って、悪事に手を染めたことがなくて、安定した仕事についていて、髪の毛が赤くない子だ。

「美夜子がいいんだよ」即答だった。「たぶん初めて会った日から、決まってたんだ。美夜子に叱られた日から」

蓮も美味しそうにレモンサワーを飲む。

初めて会った日の蓮は怒っていた。

わたしがわがままを言っても、昔の恋人のユウの話をしても、駅で人に肩をぶつけられても、レストランの料理に髪の毛が入っていても怒らない蓮が、初対面の日はとても怒っていたんだから、おもしろい。

一年半前だ。わたしは友達との飲み会を終えて、家に帰る途中だった。当時のわたしの家の近く、道端(みちばた)で、ポスターを引き裂いている男が蓮だった。

尖った石で蓮が裂いているのは、政権与党のポスターだった。

——器物損壊罪。

わたしはその背に声をかけた。蓮が驚いたように振り返る。

——警察?

——まさか。ただのフリーターです。

酒の勢いがあったけど、知らない怪しい男に声をかけるのは、単純に怖かった。脚が震えそうだった。

——……器物損壊は三年以下の懲役か三十万以下の罰金なんで、……って、わたしも前に注意されたんです。

ユウに。当時、ユウと別れてすでに三年以上が経っていたけど、わたしの心には残っていたのだ。ユウから教わった、正義感が。

ぼんやりとわたしを見ていた蓮は、やがて小石を捨てた。そして子どもみたいに深々と頭を下げてきた。「ごめんなさい」と。

聞けば、ニュースに怒っていたのだという。ちょうど世間が厚生労働大臣の不正疑惑を報じていた時期だった。労働者を不当に扱う大企業から献金を受け、便宜を図っている、とか。もちろん大臣は不正を認めずにいた。自分には関わりもないその事件で、蓮は怒っていた。

——ポスター破いてもどうにもならないし……。

わたしは言った。

——変わらないんじゃない?

蓮はこともなげに頷いた。

——わかってる。大臣の裏にはフィクサーとか呼ばれるおじいさんがいるって噂もあるし。でも、怒っている人がいるってことを伝えたいんだ。

——政治家、とかに？

蓮は首を横に振った。

——苦しむ人に。味方がいるって。

無茶苦茶な奴に会ってしまった。なんで他人のために犯罪者になれるんだろう、と不思議だった。わたしは苦笑いして言った。

——でもダメなものはダメだから、逃げたほうがいいか。

けろっと言うと、蓮は手を振った。

そうだね、とわたしは手を振り返した。同じ場所で再会したのは五日後だった。蓮はわたしに、わたしは蓮に、会えればいいなと通りがかったのだった。

「器物損壊をしたことがあるって、話したじゃない、わたし」

本当はそれだけじゃなかった。

「うん。ユウさんに叱られれたんでしょ」

ユウの話はしたことがあるけど、なぜ別れたのかは語っていなかった。

「わたし、ユウから逃げたんだよ」

「逃げた？」

「幸せでい続ける自信がなくて。きっとユウには恨まれただろうなって」

「なんで今、ユウさんの話？　俺がプロポーズしたから？」

首を横に振って、ピクルスのきゅうりをかじる。今夜ユウのことを考えているのは別のきっかけだということを説明した。

「でもプロポーズが重なるなんて思わなかったよ。怒られてるみたい」

さっきベランダで月を見上げて、妄想に拍車がかかった。見えない力にわたしは今夜、怒られている。嫌いなわたしが呼び起こされて、かさねちゃん親子を見せつけられて、揺らいでいるうち蓮にプロポーズをされて。

「過去を捨てておいて、蓮と幸せになるつもりかって、神様に怒られてる」

「じゃあさ、過去を聞かせてよ」

蓮はわかり切ったことであるように言う。

「わたしの？」

「神様は怒ってるんじゃなくて、試してるんじゃないかな。俺たちのこと。俺、過去はどうでもいい派だけど美夜子が悩んでるなら吐き出してほしいよ」

後のことは話を聞いてから決めればいい、と蓮は言う。わたしは深呼吸してから昔々あるところに、と切り出した。

「家庭環境が悪かったり、学校からはみ出しちゃったりした女の子たちがいました。年齢は同じじゃなかったし、抱えてる問題もバラバラだけど、みんな居場所がないのは同じでさ。とくによく集まるメンバーは連帯感が強くて、悪さもしたから、仲間内でコードネームをつけ合ってね」

懐かしくなって笑ってしまう。

「どんな?」

「その話をした時にたまたまイチゴのショートケーキを食べてて、イチゴって種類がたくさんあるでしょ。だから好きなイチゴの名前をつけた。チーム名、イチゴイチエ。わたしはアイベリー。イチゴの種類一覧を検索して、思い思いに選んだ。文字どおり甘酸っぱい記憶。「アイベリー」のアイはアルファベットのIね。微妙なこだわり」

ピクルスを食べながら蓮が笑う。

「わたしの一番の仲良しはあきひめ。サマーベリー先輩に、妹キャラの栃乙女(とちおとめ)ちゃんに……。バカみたいなことで楽しかった」

イチゴイチエの仲間は昼夜問わず街に繰り出して、遊んで騒いで、喧嘩をしては仲直りした。仲間がだれかに傷つけられたら一緒になって怒り、悲しみを共有した。傷つけた相手に仕返しをした。例えばあきひめを騙して自殺未遂に追い込んだ男がいた。男の住まいはわからなかったけど、異様にネットに強かった栃乙女ちゃんが、男のスマホ情報から家を突き止めた。男のバイクをみんなで破壊し、通帳を盗んで預金をせしめた時は、気分爽快だった。今思い出すと、苦い。

わたしは両親との確執についても蓮に語った。

「ある日、わたしの両親にみんなが怒って」

アイベリーを喧嘩の道具にしかしない毒親。家から追い出した奴ら。復讐をしないと気が済まない。幼稚で華やかな計画が立った。「家を落書きで修復不能なぐらい、汚してやろう」。わたしも大嫌いな家にペンキをぶちまけるのは、気持ちいい気がしてすぐ賛同した。

ホームセンターで働いていたサマーベリー先輩がスプレー塗料を準備し、わたしへの恩返しと張り切るあきひめが車を運転した。

真夜中、無線のイヤホンと覆面代わりのマスクを装着したイチゴイチエはわたしの家に忍び込んだ。そして、スプレーで落書きを決行した。まずは壁に、車に。恨み言、罵詈雑言、謎のイラスト。

わたしは室内に入った。危険だとは思ったけど、廊下や部屋も破壊してやりたかったのだ。両親は起き出す気配もなかった。ダイニングキッチンに向かったのは、気まぐれだった。テーブルには二つのワイングラスと、空のボトルが置かれていた。洗い場には皿が積まれていて、真新しい、チキンの残り骨が捨ててあった。照り焼きだったのだろうか。甘く食欲をそそる匂いがわずかに残っていた。コンロの鍋の蓋を開けると、トマトとコンソメが香った。ミネストローネだった。

わたしがいた頃、この家でこんなに美味しい料理の匂いがしたことがあっただろうか。あったとしたら、何年前の話だろうか。

わたしは愕然としながら、真っ暗な廊下を寝室に進んだ。ドアを開けると両親は一つのベッドで眠っていた。父の肩に母が頭を預け、二人とも穏やかな顔で寝息を立てていた。

足元がぐらつき、寝室の景色が歪んだ。犬猿の仲である両親はわたしがいたから、つながっているのだと思っていた。わたしがいなくなることで、いっそ夫婦という鎖が立ち切れてしまえばいいと、どこかで考えていた。

けれど、違ったんじゃないか。目の前の二人は、まるで家出をした娘のことなど忘却したように、夫婦で酒を飲み、料理を食べ、寄り添って夢の中にいる。娘がいなくなったのに、なんで幸せそうなの？　娘がいなくなったから？

わたしは「ジョーカー」だった。この家に、いらない人間。

わたしの足はその時、確かに、寝室の棚に向かった。わたしの手は確かに、ペン立てに無造作に立てられたカッターに伸びていた。安らかに眠る二人の喉に、カッターを突き立てたかった。まぎれもない殺意。

わずかな差で、イヤホンからあきひめの声が響いた。

――アイベリー、どこ？　だれか来た！　逃げるよ！

ハッと我に返ったわたしは廊下を引き返した。

――あなたたち、何しているの！

庭先に怒声。蜘蛛の子を散らすということわざを体現して、みんなが逃げた。わたしも玄関を飛び出したけれど、ライトの光に刺された。

「わたしだけが捕まった。捕まえたのがユウだった」

蓮が魚肉ソーセージをゆっくり口に運ぶ。

「器物損壊罪を説かれて、散々説教された。家族にでも告訴されれば適用されるって。仲間の名前も問い詰められたけど、言わなかったよ」

イチゴイチエはその後、ほどなくして自然消滅した。元々が彷徨っている者たちだったのだから自然なことだった。傷をなめ合うだけじゃなくて、本当の意味で互いの力になる方法を、あの頃のわたしたちは知らなかった。悔しいことに、知らなかったのだ。

メンバーの大半とは、もう会っていない。みんなどこかに居場所を見つけただろうか。元気にしていればいいな、と強く願う。

わたしは蓮に対し、懺悔するように瞼を閉じる。けっきょく両親は離婚した。けど、わたしがいない間、心穏やかな時間を少なからず過ごしたに違いない。

「問題なのはね、わたしは、わたしだけは器物損壊罪じゃなかったってこと。殺人未遂だったんだ、あれは」

たとえだれにも気づかれなくても、両親を殺そうとした自分を、忘れることはできない。

鴻上優紀　01：10

ハンドルは私が握っていた。

バイクは見失ったが、ナンバーは緊急手配した。私はナンバーと車種を脳内に浮かべながら高田馬場近辺を巡回する。

助手席で通話していた飯島が「了解しました」と言って電話を切った。耳鳴りは先ほど治ったようだが、顔色は青ざめている。

「逮捕された髭の男は喜多村勝。名取会の組員でした。他にもアパート周辺で確保された負傷者数名が名取会組員のようです」

また名取会が出てきた。

「タトゥーの男の身元は？」

「アパートの住人で、阿比留剛志。職業不定。彼の部屋に争った跡が……。一体今夜、何が起きているんでしょう。滝山さんの件と関係があるんでしょうか。もしかしてキリシマも周囲にいたんじゃ……」

「落ち着きなさい」冷淡と取られても構わない声で私は言った。「背景の捜査は私たちの役目じゃない。犯人を見逃したら承知しないわよ」

飯島は深呼吸し、車外に視線を向けた。私は静かに息を吐いた。

「さっき逃げた男、私は知ってる」

「ウサミと呼ばれていました。滝山さんが話していたという組員じゃないですか?」

「たぶんそう。でも違う」

「どういう意味です?」

飯島の口調が戸惑いを帯びる。

「私の友人の地方厚生局の部長が、彼を三年前に紹介してくれた。優秀だけど一匹狼(いっぴきおおかみ)でしばしばやりすぎる、危ない奴だって」

「主任? それって」

「彼は麻薬取締官よ。本当の名前は確か、志田正好」

志田正好 01:15

新大久保にある焼肉店のホールで俺はケガの手当てを受ける。ホールには俺以外にも負傷者が数人いた。いずれも阿比留のアパートの周囲に配置されていたが、ゴーグル男のナイフと銃撃犯によってケガを負っている。死者はいなかったが、戦力は確実に削がれていた。喜多村をはじめ組員の幾人かは警察に逮捕されているだろう。

焼肉店の店主は、すでに足を洗っているが、もとは竹脇の兄弟分だった。尋常ならざる状況を理解し、匿ってくれている。

阿比留のアパートを中心に警察が包囲網を敷いている。下手には動けない。

「おう、どうだ」

厨房から出てきたのは名取だった。竹脇だけでも異例だが、会長が抗争の前線に足を運ぶのは自殺行為に等しい。だが「息子」を拉致され複数の組員を傷つけられた名取は、事務所に待機することに耐えられなくなった。

「大したケガじゃありません」

鴨居からは、十五分前に電話があった。『阿比留は仲間の車に乗りました。俺はくすねたバイクで追っています。今度こそアジト、突き止めてやりますよ』――

それから連絡はない。あえて追跡させている可能性は捨て切れないが、他に糸口がない。

「奴らのアジトに茶木がいるとわかったら踏み込む」

「はい」と返事をしつつ俺には気になることがあった。

阿比留の部屋に俺たちが踏み込んだのは、レッドキャップの計画の内だったのか、想定外だったのかだ。計画的に俺たちを追い込むなら、あんな場所を狩場に選ぶとは考えにくい。阿比留も居住地を失うことになる。

阿比留の部屋を突き止められたのが、レッドキャップの計算外だったとすれば、どうしてあんなに早く阿比留の救出にやってこれたのか？　俺たちは阿比留が外部に連絡を取る時間は与えなかった。阿比留が見張られていたか、あるいは。

俺はホールの組員たちを見渡した。

この中にレッドキャップの内通者がいるとしたら。

その時、竹脇が叫んだ。

「若頭からの電話です！」

どよめきが走る。名取はスマートフォンをひったくるように受け取り、スピーカーモードにした。

「もしもし」

『親父……、俺です』

掠れているが、紛れもない茶木の声だった。

「おまえ、無事か⁉」

『すいません……とんでもないドジを踏んじまって……』茶木が洟をすする。『何人やられましたか』

「話は後だ」重しを置くような声で名取が言う。「どこにいる？」

『隙をついて逃げてきました。今、東神田のビルにいます』

東神田には名取会の雑居ビルがある。以前配下の金融業者に使わせていた空きビルだ。

「わかった。今、迎えに行かせる」

『親父……実は、腹、撃たれちまって……』

苦しそうに笑った茶木の声が途切れる。がたっ、という物音が電話から不吉に漏れた。

「おいっ、返事をしろ。倫行っ！」

名取の叫び声がホールにこだまする。

鴻上優紀　01：20

逃走犯は見つからないまま時間だけが過ぎていた。飯島のスマホが鳴った。

「ん？　森島さんだ」

訝しそうに通話に出る。

「はい。お疲れ様です。……ええ、そうです。蜂の巣をつついた騒ぎですよ。……は？

なんですか?」

横目を向けると、飯島は胡散臭そうな顔をしていた。

「……借りを返すって?……いえ、いえ聞かせてください。はい、はい……はい?」

そこから少し長いやりとりが始まり、徐々に飯島の顔が真剣なものに変わっていった。

「……了解しました。ありがとうございます」

通話を終えた飯島に「何事?」と訊ねる。

「万世橋署で木下成実の取り調べ中らしいんですが。高田馬場の騒ぎを聞いて私たちにリークしてくれたそうです」

秋葉原での件を森島なりに反省していたのだろうか。まぁいい。

「どんなリーク?」

「木下が一ヵ月前の傷害事件の共犯者の名前を口にしたそうです。阿比留剛志と」

「どういうこと?」

「木下が言うには一ヵ月前に自分と阿比留は命令を受けてチンピラにケガを負わせたんだそうです。被害者のチンピラは名取会の末端で、覚せい剤の売人だったそうです。木下は客だったんですが、値を吊り上げられて恨んでいたとか」

「阿比留も薬の顧客?」

飯島は首を横に振った。

「違うそうです。阿比留はある男からチンピラを襲うように指示を受けていて、木下は手伝っただけだと」

「ある男って？」

「それが」飯島は不可解極まりないという顔をした。「名取会若頭だと言ってるそうです」

「茶木が？」混乱する頭を整理しようとするが混乱は収まらない。「茶木が自分の組の人間を阿比留と木下に襲わせたっていうの？」

「バカげた話ではありますが」

考え込んでいるうちに、今度は私のスマホが鳴った。青島からだった。ヘッドセットをして通話に出る。

『ああ、今取り込み中だろうな？』

「鴻上です」

青島のだみ声が耳に飛び込む。

『高田馬場のドンパチ騒ぎは聞いた。名取会が絡んでるんだろ？　こっちはこっちで中西の足取りを調べてたんだが』

「おかげさまで」

「死体が見つかりましたか」

『いいや。でも今夜、茶木と中西が一緒にいたことは確かのようだ。で、二十一時以降に茶木が最後に目撃された場所を突き止めた。浅草橋付近だ』

「浅草橋」

名取会所有のビルがあるのだと青島は言った。奇遇にも木下を逮捕した秋葉原の目と鼻の先だ。

『中西失踪に滝山郁美襲撃、高田馬場の銃撃戦。一連のヤマについて若頭は何か知ってるはずだ。俺は管轄外だが、おまえらは関係ねぇよな?』

「了解しました。浅草橋に向かいます」

私は進行方向を切り替える。

志田正好　01:38

秋葉原駅と浅草橋駅の中間地点、神田川の岸に沿うように小ぶりなビルが敷き詰められている。名取会の東神田ビルはその中に埋もれるようにして建っていた。

ミニバンでビルの前に乗り付けた俺たちは、急ぎ降り立ちビルのエレベーターに走った。俺の他に組員二名、さらに名取がいた。

茶木の電話は通話モードになったまま物言わない。最悪の想像が皆の頭には浮かんでいる。息子同然に育てた男が息絶えようとしているのかもしれない。その思いは名取会長を現場に向かわせた。組員たちの制止は受け付けようとしなかった。

「会長」

救急バッグを背負った組員がエレベーターに入ってすぐに床を指した。赤黒い血だまりがあった。組員がトカレフを取り出す。俺の懐にも拳銃があった。焼肉店を出る前に、いよいよ警察への警戒はかなぐり捨てた名取から持たされたのだ。

俺は行き先ボタンに目を向ける。四階のボタンに血の指紋が付着していた。迷わず四階を押す。鴨居からもらったガムを口の中に放り込み、嚙みしめる。つん、としたミントの味が広がる。

ガムを嚙みながら呼吸を整える。俺は茶木の安否以上に追手を気にしていた。ここに来るまでに尾行はなかった。組員たちが外部に連絡を取っているような不審な素振りも、見える範囲ではなかった。

同行した二人は中堅クラスで、レッドキャップに対しての怒りが演技には見えない。

しかし見えない糸に搦(から)め捕られている感覚が拭えない。

エレベーターが揺れ、四階に到着した。ドアが開き、すぐに事務所が広がっていた。今は使われていない。だだっ広い空間にスチール机がいくつか放置されているだけだった。血の跡が引きずられたように延びて、真っ暗闇の中で、床に投げ出された脚が見えた。

「明かりはつけるな」

名取が指示し、ライトを手にした組員二人が走り出す。一瞬、ライトの光が床を照らした。蜘蛛の糸のような線が見えた。

ワイヤーだ。

組員の足がそれを踏みつける。

フロアに雷が落ちたような光が広がった。

鴻上優紀　01：42

浅草橋駅近くの東神田エリアの路地に私たちは車を停めた。川の匂いが風に漂う。すぐ近くに神田川が流れている。名取会所有の空きビルは、町工場や雑居ビル、マンションが並ぶ中にある。

「えっと、あの宅配営業所の隣のビルですね」

飯島が端末のナビを見ながら言った。

歩いて近づく。ビルはどのフロアも真っ暗だ。茶木がいる気配はないが、ミニバンが一台ビルの前に停まっているのが気になる。

何気なくビルの上部を見上げた。すると、カッ、と窓が真っ白な光を放った。階下にいても目がくらむほどの閃光だった。

「なんですか今の」

飯島が叫ぶ。

「四階だった。行きましょう」

踏み出しかけた足が止まる。ミニバンの陰からスーツの男が現れた。スーツで長髪の見慣れない顔だが、懐に手を入れる動作を見るのは今夜二回目だ。

「飯島！」

スーツの男が引き抜いた拳銃は容赦なく火を噴いた。高田馬場で聞いたのと同じサプレッサーの銃声。飯島を引っ張り横にあった宅配営業所の建物に飛び込んだ。

「主任！」

私たちが隠れた壁に次々と弾丸が撃ち込まれ、コンクリートが飛び散る。長髪の男は撃ちながら近づいてきていた。

私は拳銃を抜き、引き金を絞る。反動と轟音(ごうおん)に瞬きした。少し遅れて薬莢が地面を跳ねる音。

男を逸れた銃弾は背後のミニバン側面に当たった。男は反撃に驚いた様子で下がり、電信柱に隠れた。

「主任……」

先ほど飯島には強がったが、組対時代を含め、現場で発砲したのは私も初めてだった。

「たぶんあいつは見張りよ。中で何か起きてる」

飯島が唇を噛んだ。

「ならビルに入らないと……」

男が飛び出した。道路を横切り、私たちの対面側に走る。正面から撃たれたら遮蔽物(しゃへいぶつ)もない。

「自分、行きます！　援護してください」

飯島がミニバンのほうに走り出した。

「飯島!?」

何を勝手なことを……。

私は向かいにいる男に向けて銃を構えた。男が走りながら銃を撃つ。私が背にしていた宅配営業所のドアガラスが粉々になった。尻もちをつきながらも撃ち返す。男の足元で煙が上がったが、当たってはいない。

横目で飯島を見た。名取会のビルに走り込むのが見えた。

志田正好　01：44

スタングレネードの閃光と爆音に、先行した組員二人と名取が倒れた。机の陰からナイフを持ったゴーグル男が躍り出た。
蹲っていた俺は跳ね起き、ゴーグル男の腰に、阿比留の部屋で拾ったスタンガンを押しつけ、作動させた。バチバチッと電流が走り、ゴーグル男が膝を折った。すかさず蹴り倒す。

男が麻痺状態になっているのを確認し、両耳から耳栓代わりにしていたガムを取り除いた。スタングレネードを警戒し、エレベーターで取り付けた判断は正解だった。

組員の一人が目を覆いつつ身を起こす。トカレフを手に「どこだてめぇ。ぶっ殺すぞ」と叫ぶ。俺は素早く近づき、トカレフを奪ってから首に腕をかけ、絞め落とした。トカレフの弾倉を抜き、薬室に装填されていた初弾も排出した。もう一人の組員は気を失っており、名取は机に手を置いてどうにか立ち上がろうとしていた。

俺は救急バッグを持ち、机の奥で倒れている人物のもとへ急いだ。男の顔を見て愕然となる。腹部の銃創から大量に出血しているのは、茶木ではなかった。鴨居だ。

鴨居は、顔を真っ青にして充血した目を開く。

「兎ぃ……意味、わかんねぇよ、なんで……」

「鴨さん？」

背後に気配を感じ、俺は振り返る。銃を向けている男に気づき、身を投げた。発砲音とともに机の側面板に火花が散る。

「いい動きだな、兎。似合いのあだ名だったろ。野生の兎の身体能力は高いんだよ。おまえみたいに」

身を隠しながらその射手の声を聞き、全てを理解した。見えた結論は、最悪だ。

「宇佐美だから兎っていうダブルミーニングだしな。ああ、でもおまえ、本当は宇佐美じゃないか」

心臓を鷲掴みにされる。

「出てこい。転がってる奴ら撃つぞ。ゴミみたいな連中でも見殺しにしたくはねぇだろ?」

俺は両手を上げ、ゆっくり立ち上がった。暗闇の中でも、悠然とした微笑みがわかる。拳銃を構えた茶木がそこにいた。

鴻上優紀　01:44

割れたガラスから宅配営業所の中に入り、ドア枠から道路の向かいに照準を合わす。男は闇に紛れて佇んでいる。男の拳銃の種類はわからないが自動式。景気よく連射していることから装弾数は多そうだ。私の銃はP230。残弾は六発。予備の弾などない。

男の狙いが私の足止めならこの膠着状態を保つだろう。だが、警察の応援が駆けつけるのは時間の問題だ。自分が不利になる前に何かしら仕掛けてくるはずだ。

当然私は男以上に焦っていた。深夜の人通りは少ないが、近くにはマンションもある。一般人を巻き込んで私を誘い出す、などという戦術を使われるわけには断じていかない。そして一人で突入した飯島を一秒でも早く追いたい。

逸る気持ちを必死に抑え、頭を回転させた。背後を見る。宅配営業所ならではのものがあった。段ボールが積まれたカゴ車だ。

胸ポケットをぎゅっと押さえてから決断する。カゴ車に飛びついて押そうと試みる。動かない。キャスターのロックレバーに気づき、つま先で解除する。ガラスの割れた入口ドアを開け放ち、カゴ車の背後に戻った。声に出さず三、二、一とカウントを刻む。

ゼロ！　カゴ車を押し出し、外の道路に飛び出す。まもなく積荷の段ボールが弾け始める。銃弾の盾として強度の保証はない。

道路の中ほどでカゴ車の背後から飛び出す。道路の向かい側、男が見えない。どこだ。

カゴ車の反対側で足音がした。

カゴ車を死角に回り込まれた、と認識して振り返る。

正面に銃を向ける男が見えた。直後胸部を貫く衝撃がめり込み、私の意識は消え去った。

真中美夜子　01：45

話を聞いていた蓮が、薄々は予想していたであろうことを確かめてくる。

「ユウさんて、もしかして」

「うん。ユウはね、警察官」

鴻上優紀。正義感が強い、わたしの尊敬する警察官だ。

「――最初はふつうに不良娘のわたしに世話を焼いてくれてて、わたしもおせっかいな大人としか感じてなかった。本当、不思議だよね。向こうはわたしに好奇心を抱いて、生意気なところが好きになったんだって。わたしは真面目なところを尊敬してたら、いつのまにか……」

好奇心と尊敬は恋の素(もと)だ。

「で、いつからか付き合うようになって二年半。でも、ユウはやっぱり刑事としての生き方を変えられなかったし、わたしはユウの足かせになる自分が嫌だった。逮捕されてもおかしくないことをした人間だし」

だから別れた。ほぼ一方的にわたしが、ユウのもとからふらりと消えるという形で。

「でも、一緒に生きようと思えば生きられたはずで」

未来を考えたくなかった。幸せなら幸せのうちに終わらないと、その先が怖かった。そうだ。ユウから逃げた本当の理由は自分の不安にある。

「親を、殺そうとしたことをユウには打ち明けてた。ユウは、『それは殺人未遂には当たらない』って言ってくれた。理屈ではわかってる。でもユウが庭に通りかかるのが数秒遅かったら、わたしは……」

両親の喉にカッターを走らせて、全部を終わりにしていただろう。

――だったら、会えて本当によかった。

ユウはそう言ってわたしを撫でてくれた。わたしが自分の過ちを思い出して、震えるたびに、何度も。もう大丈夫、と。でも。

「わたしの本質は変わっていないから」

蓮との未来の恐怖が、あまりに大きい。いつか子どもができてもわたしは愛せない気がする。自分が愛されていなかったから。親を殺そうとした子どもだから。

わたしはユウに救われて、蓮に愛されていっちょまえに幸せになっている。でも人を幸せにできるのか。考えると無性に怖くなる。

志田正好　01：45

「倫行、いるのか？　無事なのかあっ！」

　視力と聴力が戻らない名取会長が、必死に叫びながら膝で立つ。嘲るような目を向けた茶木は名取に歩み寄り、その顔を、サッカーボールをシュートするように蹴飛ばした。名取が短い悲鳴を上げて崩れ落ちる。

「あんたが名取会を裏切っていたなんてな」

　俺は言った。茶木は名取の頭を踏みつける。

「裏切るって考え方は古き悪しき日本的だな。俺は転職しただけだ。手短に話をしようぜ」

　茶木は再び拳銃を俺にピタリと突きつける。

「余計なごまかしで尺は取るな。兎、おまえが麻取の犬だってことは知ってる」

　確定事項を言う口調だった。頬を冷汗が伝う。糸で搦め捕られていたという予測は、錯覚ではなかった。

「ここで選べ。俺たちにつくかここで死ぬか」

「なんだと？」戦慄と怒り、不可解さが混じり、声が掠れる。「何を言っているんだ？」

「レッドキャップは懐が広い。敵対組織の俺のことも受け入れた」

視界の隅でゴーグル男が腰を押さえながら立ち上がった。茶木は彼をちらりと見る。

「そいつはキリシマ。やくざのせいでひどい人生を送ってきた。やくざを殺すためにレッドキャップに入ったんだとさ」

　キリシマはスタンガンのダメージを振り切るように背筋を伸ばした。

「標的を殺す時、標的を恨んでるカタギに勝手に殺人を宣言してモチベーションを上げるって変わり者だ。いかれた悪癖は玉に瑕だが、殺し屋としての腕を買われた。なら俺みたいなのが入ってもおかしくないだろ」

「信じられない」

「もちろん条件付きだった。俺の手で名取会を潰すこと。まぁ、頑張ったさ」

　茶木は肩をすくめてみせた。俺はまだ信じられなかった。レッドキャップが茶木を迎えたことではなく、茶木が名取会を裏切った事実が。

「あんた、いつから名取会を見限ってた」

「昔からだ」即座に茶木は答えた。「古臭いやくざは時代に淘汰されるだけ。この時代に組織を引き継がされてどんな得がある？　知ってるか。まもなく名取会は警察の一斉摘発を受けることになってるんだ。壊滅が決まってんだよ」

　警察の内部情報を摑んでいるのか。だが俺の頭には茶木の損得勘定への怒りが芽生える。

「親父や組の者たちは、あんたを信じてた」

茶木が笑った。ちょっとした冗談に噴き出す笑い方だった。

「おまえがそれを言うってのは皮肉以外なんでもねぇな、兎。それとも何か。潜入捜査ってのはやくざに情が移るものなのか？　そんな映画、あったな」滑（なめ）らかな口調だ。俺は歯を食いしばる。「どうせ悪党に情を移すならうちに来い。将来性のある会社に」

茶木が耳に手を当てた。無線のイヤホンが付いているようだ。

「下に来客だ。返事を急いでくれ。兎」

その場しのぎの嘘をつく気はなかった。今嘘を口にすれば信念が汚れる。

「黙れ。俺は俺だ」

「そうか、残念だ」

茶木が冷淡に言った。たん、と響いたのは銃声ではなくエレベーターの扉が開く音だった。茶木の目がエレベーターに移った。俺は床に身を投げ、懐からマカロフを抜いた。

「警察だっ！　全員動くな」

女性の太い声がした。机の隙間からエレベーターを見やる。銃を構えた女性刑事が一人。茶木が女性刑事に向けて銃を撃った。刑事は床に伏せる。

俺は茶木の脚を狙って引き金を引いた。脹脛が弾け、茶木が悲鳴を上げた。

キリシマが女性刑事に斬りかかるのが見える。援護するためキリシマに銃口を向けた途端、右肩を熱い衝撃に襲われた。激痛でマカロフを取り落とす。倒れながらも茶木が俺に発砲していた。撃たれた右肩を庇いながら机と机の隙間を這う。

「出てこい、正義の犬さんよ」

脚を引きずりながら茶木は名取会長の側に行った。倒れた「親」に拳銃を突きつける。

「こいつが死ぬぞ」

肩からの出血でまともに頭が動かない。

「まぁいいか?」

茶木の声が聞こえた。

「待て!」

俺が叫んで身を晒すのと、机の陰から鴨居が飛び出すのが同時だった。どこに体力が残っていたのかという動きで鴨居は茶木に飛びかかった。獣のような咆哮で茶木に右アッパーを食らわす。拳にはメリケンサック代わりにロレックスを巻きつけていた。

よろめく茶木の拳銃を弾き飛ばす。しかし同時にキリシマが飛び込み、鴨居の腕を斬っていた。血が飛び散る。鴨居の胸に刃が向く。俺は割り込みキリシマの両腕を押さえつけた。

エレベーター前を見やる。腕や膝を真っ赤に染めた女性刑事が立ち上がろうとあがいている。脚をひきずりながら茶木がエレベーターに向かう。刑事が茶木の前に立ち塞がる。

「邪魔だ！」

茶木が容赦なく殴りつける。観察できたのはそこまでだった。

投げ飛ばされ、机に衝突する。受け身をとり、椅子を蹴りつけて距離を取る。キリシマはナイフの刃先を揺らし、すぐ間合いを詰めてくる。電流を受け、刑事と格闘した後とは思えない静かな息遣いだった。ゴーグルの奥の目はうかがい知れない。俺は荒い息を整えるので精一杯だった。肩からの出血が止まらない。もう武器も、投げるトマトもない。

キリシマが踏み込む。

俺は右肩を押さえていた左手を、思い切り振りかぶった。血しぶきがキリシマのゴーグルに降りかかる。

ナイフが俺からずれたほうに突き出された。その手を俺は摑み、力任せに引く。僅かに前屈みになったキリシマの顎を蹴り上げ、そのまま足で首を抱え込んで倒れる。

キリシマの手はまだナイフを手放さなかった。俺はナイフを握ったキリシマの指を、関節を無視した向きに曲げる。骨の折れる音と同時にようやくナイフが床に落ちる。そのまま手を押さえながら、キリシマの首を両内腿で絞め上げる。

三角絞めに耐えながら、キリシマの左手が動くのが見えた。ズボンをめくる。膝のガーターにナイフが覗く。まだあるのか。肩の痛みが麻痺するほど全身の力を脚に込めた。

キリシマはナイフを握ることなくついに沈黙した。痛みと疲労、眩暈に耐えながら振り返る。もみ合う茶木と女性刑事を乗せたエレベーターのドアが閉まるのが見えた。

一階に警察は待機しているのか。いや、それより危険なのは今、ビルの周囲に一般人が通りかかることだ。

立ち上がった俺は落ちていたマカロフを拾う。俺が持っていた、サプレッサーのない銃だ。利き手ではない左手で構え、窓際で天井を狙う。警報音代わりの銃声を鳴らす。

鴻上優紀　01：50

懐かしい記憶だった。

私は窓辺に寄り添って、あの子と一緒に煙草を吸っている。ペアで買ったジッポライターで火をつけて。

タンクトップ姿の美夜子の白い腕に、私は頬をくっつけた。気持ちいい。

――ユウ。

――何？

煙草を咥えた生意気そうな、愛しい娘がにかっと笑う。わたしの名前は「ユキ」だが、美夜子は「ユウ」と呼んだ。優しいの「優」なのだから、「ユウ」の方が似合う、と言って。特別な呼び名が嬉しかった。

――死なないでよ？

騒がしい音に目が覚める。爆竹のような音だ。視界にはビルと都会の夜空が広がってい
る。音は立て続けに鳴った。銃声……銃声だ。そうだ、私は……。

がばっと身を起こす。胸に激しい痛みが走り、涙が滲む。ぼやけた視界の先で、長髪の
男が弾倉の交換をしている。

悲鳴がし、男がビルのほうを向いた。血相を変えて銃を向ける。ビルの側から二人の人
間が転がり出てきた。一人は茶木。膝下から流血している。もう一人は、

「飯島……」

飯島は血だるまと言っても過言ではない状態だった。その状態で茶木の腰に食らいつい
ている。茶木は飯島をふりほどこうと殴り続けていた。

痛みを忘れて私は立ち上がった。拳銃は手元を離れていた。拾うより先に特殊警棒を引
き抜き、走る。

長髪の男が気づいて銃を向ける。私は警棒で銃を叩き落とし、飛び上がって男の額に警
棒を撃ち込んだ。膝をついた男の首をがむしゃらに殴打する。白目を剝いた男が転がる。

飯島を引き剝がした茶木が私の首に手をかけた。後ろで倒れている飯島が目に入る。刹

那、私が反射的に発した言葉は、警察官にあるまじき一言だった。

「死ね」

茶木に頭突きを食らわす。茶木の前歯と私の額が衝突し、首にかかった手の力が緩んだ。すかさず警棒を鼻に打ち付ける。茶木が地面をのたうち回った。

飯島に駆け寄る。熱い体を抱き起こした。防刃ベストを避けるように腕や膝、わきの下を斬りつけられている。顔は右の瞼と頬が腫れ、鼻から血が溢れていた。

でも、致命傷は一つもない。私は確実にそれを確認した。飯島は無事だ。

「主任……すみません。自分、」

「いい」

「顔の傷、残りますかね……自分、お嫁に行けないのでは」

「行く気があるの」

「主任、セクハラです。女同士でも……」

無駄口を叩く血まみれの顔を、私は抱き寄せていた。

涙で視界が滲む。

「主任……」

ハッと我に返る。振り返ると、茶木がビルとビルの隙間に体を滑り込ませ、川に向かっていた。

「あいつ……うっ」

追いかけようとして、肋骨の痛みが蘇った。

「主任？　スーツに穴が」

「ちょっと撃たれた」

「えっ？」

そういえばなぜ無事だったのか、と今更疑問に思い当たる。

ビルのエレベーターから肩を血に染めた男が出てきた。志田正好だった。

「志田さん」

「あんたは」

「すいません、茶木を頼めますか。私たち、動けなくて」

顎でしゃくって言う。志田は頷き、茶木の消えた路地に走っていった。私は撃たれた胸の箇所に手を当てた。

言葉を失った。

取り出した艶消しネイビーのジッポライターに、弾丸がめり込んでいた。

「嘘……」と飯島が目を丸くしている。「それ……」

かつての恋人、真中美夜子と別れて、煙草もやめて、しかし捨てずにいたジッポライターだ。どんな現場でも触れると落ち着く、お守りだった。

「主任こそ、テレビドラマじゃないんですよ」

飯島が泣き笑いの声で言う。

ふふっ、と私は笑っていた。零れ落ちる涙を、掌で拭った。

志田正好　01：54

茶木にはすぐに追いついた。川岸には屋形船が係留してある。船に向かっているのか、堤防のコンクリートにすがりつきながら足を引きずっていた。

「若頭」と声をかける。茶木が振り返る。刑事に鼻を折られたらしく、甘いマスクが台無しだった。

「ああ、兎か」

「一ついいですか。俺たちが阿比留の部屋を襲うことはなぜわかったんですか。名取会にはまだレッドキャップの手先が？」

ははっと茶木は笑い、両腕を吊るされたポーズをした。

「俺が捕まってる動画を送ったろ？　一緒に盗聴アプリを添付したんだ。親父はアナログ人間だからな。気づきもしなかった」

なるほど、と俺は納得した。

「なあ兎、気が変わったなら一緒に連れていってやってもいいぞ」

「まさか」

「だろうなぁ。おまえには、信念がある」

茶木が俺に背を向けた。

「船は出ませんよ」

「出るさ」

にやっと笑った茶木はよたよたと走った。俺が走り寄ると、茶木の裏拳が俺に突き出された。ボールペンが握られていたが、予測済みだった。尖ったペン先を躱し、負傷している脚を容赦なく蹴りつける。膝をついた茶木はなおも負傷した俺の肩に手を伸ばす。俺はその手を払い、背中にスタンガンを押しつけ、作動させる。茶木は体を震わせ前方に吹っ飛んだ。痙攣しながら、なおも地面を這う。が、ほどなく屋形船に手を伸ばした格好で力尽きた。

俺は暗い川の水面にため息を落とした。

真中美夜子　02：05

長い話を終えようとしていた。今夜、ユウの名前を見たことで、過去に責められる気持ちになったことを打ち明ける。自分を救ってくれた人さえ捨ててしまった。わたしは幸せな家庭を築く自信がない。

両親を今でも許せていないし、憎しみこそもう感じないけど、愛情を持ててはいない。

「きっと蓮を幸せにできない」

自分の予想以上に、恐る恐る、という口調になってしまう。蓮は首を斜めにして、魚肉ソーセージを口に運んだ。そして、唸ってから言う。

「つながらない」

「え?」

「話がつながらないなーって。美夜子とご両親の関係が悪かったのはわかる。まともな家族とはいえないっていう話は理解できたよ。でも、俺は関係ないじゃない?」

「血がつながってる家族とうまくやれないわたしが、他人と幸せになれる気がしないの」

「他人だからこそ一から築ける、って考え方もあるんじゃないかな」

そんなこともわからないの、という顔で言われる。けど、屁理屈じゃないだろうか。ふいに蓮が笑った。滲み出るような微笑が、思い出し笑いだとわかった。

「前に二人で井の頭公園に行ったことがあったじゃない」

「うん。付き合って、すぐの時期」

いきなりどうして井の頭公園の話なのかと、わたしは戸惑いつつ、渇いた喉にレモンサワーを流し入れる。

「ボートに乗ったら別れるっていうジンクスの話になって」

「ああ、そうだった」

わたしと蓮はベンチに座っていた。有名な公園の、これまた有名な大きな池の縁にあるベンチ。都内の大きな公園をぶらぶら散歩する、という、それまでわたしが経験したことのないシリーズのデートは、蓮に誘われて実践してみると、不思議と心が和んだ。

だからその日もわたしは和みながら、蓮と一緒に池を眺めていたのだ。

「ここでボートに乗った恋人たちは別れるっていうジンクスがある、って話をしてさ」

「有名な話なのに、なんで乗るんだろうねってわたしが言ったね。そうしたら蓮が」

「みんなジンクスを笑い飛ばしたいんじゃないかなって、言った」

そう言われてボートを観察すると、カップルたちは大きな声で笑っているのだ。

「俺たちも乗ったじゃない」

「うん」

あの日はずいぶん、笑った。波打つだだっ広い池の上で、ジンクスを笑い飛ばした。

「それで、俺たちは別れてない」

「けどわたし」

「美夜子は俺を大切に思ってくれてるんでしょ」

「うん」

「なら大丈夫。たとえば子どもができて、美夜子がその子を愛せなかったとするでしょ？」

こくり、と頷く。汚れた雪の心象風景が頭に浮かぶ。

「でも俺はその子を愛する。美夜子の愛する俺が愛することで、美夜子の愛はその子に伝わる。俺がいるから伝わるよ」

蓮がわたしの頭に手を乗せる。ニコッと笑う。頬は緩みそうになる。わたしは戒めるように引き締めて首を横に振る。

「でもわたしは蓮のやさしさを裏切っちゃうかもしれない。ユウにそうしたように」

「ユウさんは裏切られたなんて思ってるのかな」

「え？」

「美夜子が逃げたのって、ユウさんのことを考えて、さんざん悩んだ結果でしょ」笑ってから、蓮はすぐ真顔になる。「美夜子は自分で思ってるよりちゃんと人を大切にしてるよ。だから好きなわけだし」

「好きは、冷めるよ」

意地を張るように言う。わたしというジンクスをいつまで蓮は笑い飛ばしてくれるのか。

蓮は真顔のまま言った。

「なるほど。美夜子の言う通りかもしれない。だからこそ、パンと同じだよ」

「パンと同じ？」

鸚鵡返しになる。

「恋もパンも冷めてから真価が問われるんだ」

だれが上手いこと言えと？　と返そうかと思ったけど、先に蓮が言う。

「真価、問いかけようよ」

その時、未来で。二人で。と、蓮は続けた。

穏やかだけど、強い声で。

「今夜、ユウさんは問いかけにきたんじゃないかな」

「問いかけ？」

ユウの名刺をカンくんから見せられた時は、危うく涙が出そうになった。ユウは相変わらずでいるのだと思ったから。けれどすぐにわたしは罪悪感に囚われてしまった。ユウはわたしが逃げ出した居場所そのものだから。

「なんて問いかけ？」

「そりゃ、幸せに生きてるか？　って」

幸せだよ、とわたしはユウに答えるだろう。隣にいる蓮という人のおかげだと。

心で答えた刹那。じりじりと体が痺れて、熱を持った波が全身の血管を走り抜けた。涙が出そうになる。ユウと並んで煙草を吸っていたあの頃の自分に、蓮を会わせたい。イチゴイチエのみんなと一緒に、得体のしれない何かと戦っていたわたしに、蓮との出会いを教えてあげたい。

全部関係あるから。全部つながっているから、待っていて、と。

「やっぱりこの髪色、すごくいい」

あんまり言うと信用されないかな、と蓮は頭を掻いた。わたしは首を横に振った。もしもリップサービスだとしても、蓮の言葉ならば心の底から信じてしまえる。

畠山瑛隼　02：10

花紗音と一緒にベッドに座って、しばらく真夜中のテレビをだらだらと眺めた。高田馬場で銃撃事件があった、なんて騒ぎになっていた。すぐ近くの大事件だけど、僕たちにとっては初めて過ごす夜の、ひそやかな会話のタネだった。

「和寿の家の近くだ。僕たちの通った道の近くかも」

「こわいこわい。和寿は銃声を聞いてたりしてね」

とは言いながら、僕らの口調に緊迫感はない。

「あいつ、トマトに驚いたかな」

「カメラでも仕掛けておくんだったね。次からそうしよう」

「次があるの?」

笑い合う。部屋の明かりは消して、テレビだけが抜け穴みたいな光を放っていた。花紗音がこくん、こくん、と船をこぎ出して、やがてベッドに横たわった。

僕はなかなか眠れなくて、リュックから原稿を取り出した。ベランダの窓に寄り、窓を開けた。外の明かりで自分の文章を読む。自分を美化した主人公と、勝手にイメージした花紗音モデルのヒロイン。大きく書き直したくなった。今夜の現実は僕の物語を超えていたから。

事実は小説より奇なり、だ。今夜、そう思えたことはきっと前進に違いない。心地いい風がレースのカーテンを押し上げる。僕は掌で、膨らむカーテンを包み込んでみた。これも風を感じる裏技だろうか。

春日井充朗　02:20

石渡さんと別れて光が丘の自宅に帰宅し、眠っていた。深夜二時の電話というのはそれだけで不吉だと思う。でもおれは着信音で目覚めてしまった。

布団の上で、夢心地で出た電話は、悪い夢のような内容だった。

『鴨居充朗さんですか？』

「……はい？」

父の姓で呼ばれるのは久しぶりだった。

警察からの電話だ。父が、死にかけているらしい。

父、鴨居禄朗が。

へぇ、と思って電話を切った。

死んだ後、母に知らせればいいか。とりあえず。助かってしまったら？　父の治療費とか、払いたくないな。

とにかく考えずに寝よう。二度寝しよう。

言い聞かせているのに、足が勝手に玄関に向かっていた。靴を履いていた。マンションの一階に下りていた。バイクも駐輪可能な駐輪場に、愛車のバリオスが停めてある。

節約家として生きてきたおれが、自分へのご褒美としてなぜバイクを買ったのか。

わかっている。父との思い出のせいだと。父のバイクの後ろに乗って、海に行った。不安も悲しみも忘れるスピードで潮風を切って。

父の背中で。

マンション前の道に出て空を仰ぐ。街を見渡す。

光が丘。ショッピングモールも公共施設も充実していて、住むには不便のない街だ。広大な土地に整然と並ぶパークタウン。住民の高齢化が進んでいるというが、ほとんどの家には親がいて、子どもがいて、生活を営んでいるのだろう。

いずれ親と子が離れて暮らすことになっても、帰る場所は過去ではなく、未来に用意されるはずだ。

自分の過去に生きる父親は、どんな声でおれを呼んだんだっけ。

「…………くっそだなぁ」

部屋に引き返し、着替えてライダースジャケットを着こんだ。バリオスに跨り、深夜の街に、繰り出す。病院に向けて。

鴻上優紀　02：40

私と飯島は救急病院に搬送された。逮捕された被疑者たちの身柄確認、取り調べは他部署に任せた。

肋骨を折られた私は、一晩入院することになった。病床で浅い眠りについて、美夜子の夢を見た。

――夕飯は米と味噌汁がいいよ。パンは朝でしょう？　夜にパンはないから！

懐かしい声だ。

——食べたいタイミングで食べればいいじゃないの。

私は口を尖らして言い返している。

アパートの一室だ。

私はテーブルで、夕ご飯を待っていた。料理をしてくれているのは、美夜子だ。

——パンにおかずもつけないし、ユウは。体力つけなきゃ。刑事は体力が命なんだから。

生意気な口ぶりが、心地いい。

美夜子特製の肉じゃがが、大皿に置かれる。多く作りすぎる味噌汁も、二人で全て食べてしまう。

——美夜子の料理はやっぱり最高。

そう言うと、

——知ってる。

と得意げになる。

食後は二人で煙草を吸った。

——ユウの力になれてる？　わたし。

——もちろん。傍にいてくれるだけで。

煙と煙が混ざり合って、消えていく。

目が覚めてから飯島の病室に向かった。私以上の重傷だが、起きていた。

「主任、大丈夫ですか」

「あなたよりはね」

「撃たれた主任より重傷だなんて。……あのライターって、大事なものだったんですよね」

「ただのお守りだった。ご利益あったわね」

私を思い、私の前から消えたかつての恋人に、未練はない。私と一緒にいるよりも幸せな人生が彼女にはあっただろう。私と違い、異性のことも自然に愛せる子だったから、いい男と結婚しているかもしれない。元気にしているなら、いい。

美夜子と別れてから、恋人は作らないと決めていた。叶わない恋などするより、警察官として生きるほうが性に合っている。だが今夜、私の命を救った奇跡は、美夜子がくれたものだ。私たちはどこかでまだつながっているのかもしれない。別れは出会いを消し去れないのだから。

ふいに飯島が殊勝(しゅしょう)な顔をした。

「主任が自分のために泣いてくれるとは意外でした。嫌われていると、思っていたのに」

ベッドに横たわる部下の、包帯と絆創膏だらけの頬を指で突いた。

「いたっ」

「生意気も大概にしなさい」

私は飯島の反応を待たず、病室を後にした。

真中美夜子　02：40

レモンサワーにほろ酔って、蓮とソファで寄り添う。先に眠りに落ちたのは蓮だった。

蓮の温もりを肩に溶かしながら、わたしは考えていた。

ユウの名前を目にしたことも、かさねちゃんとお父さんの仲直りに出くわしたことも、蓮と生きるわたしを責める出来事ではないのか。わたしは例の妄想を起動させる。神様がスイッチを押して、わたしの運命を動かす。でも悪意や叱責じゃない。

わたしの背中を押す、プレゼントなのか。そんなふうに思うこともきっと妄想だろう。でも蓮はきっとそっちの妄想を信じようと言う。

美夜子がいいんだよ。

わたしも一緒に生きていくのは、蓮がいいのだ。

どう思う？　ユウ。

こんなくだらない質問できないか。きっとユウ、鴻上優紀は忙しいから。

志田正好　02：55

病室にいると、鴻上優紀が訪ねてきた。聞けば今しがた部下の飯島を見舞ってきたのだという。俺は肩を撃たれたが、弾は貫通していた。

「いろいろ聞いたわ。今夜起きていたこと」

鴻上は険しい表情で言う。以前、上司に引き合わされた時も思ったが、幼い風貌(ふうぼう)で年齢がはかりにくい。俺より年上か、年下か。

「私たちは事件に割り込み乗車したのね」

「あなたたちのおかげで助かった。でも、部下は無茶をしすぎだ」

「犯人を絶対に逃がしたくないのよ、飯島は」

その口調には部下に対する慈愛が滲んでいた。

「いい信頼関係です」

鴻上は少し驚いたように俺を見た。

「あなたにも信頼できる仲間がいるんでしょう？　志田さん」

「潜入捜査官は、自分の身は自分で守るしかないものです。命に関わるハプニングも」

本来なら明日、俺の情報をもとに麻薬取締部は名取会を摘発するはずだった。平和島の倉庫の場所を俺が掴んだからだ。そして俺の潜入ミッションは終わるはずだった。

「志田さん、滝山郁美の名刺を民家に投げ込んだのはあなたかしら?」

俺は目を瞠った。まだだれにも報告していない事実だった。

「なんでわかったんです?」

「勘。私も以前、警察でありながら麻取にリークした。あなたも今夜、警察を頼ろうとしたんじゃないかって。あの件があったから、私たちは滝山郁美を知り、茶木の行動やレッドキャップの暗躍を把握できた」

鴻上の言うとおりだった。中西が殺され、レッドキャップと名取会の取引が始まる矢先、俺は麻取との定時連絡を取る機会がなかった。苦肉の策として、中西の恋人である滝山の名刺を警察に届けるという方法を取った。十八時四十分ごろだったか。河川敷の捜査に乗じて危険な賭けをしたのだ。

「あの糸口が生きるとは、正直期待してませんでした。驚きです」

鴻上は毅然(きぜん)として言った。

「私は警察官として恥じない行動をしただけ。あなたもそうでしょう。二年近く潜り、今夜も多くの命を守ろうとした。お疲れ様でした」

敬礼され、俺は戸惑いながら頭を下げる。

「ああ、それと、あなたは民家に石を投げ込んだ。建造物等損壊罪の容疑で、事情聴取するわよ」

冗談なのか本気なのか、判断の付かない表情でそう言うと、鴻上は出ていった。

真中美夜子　03：08

ハッと目が覚める。リビングで眠ってしまっていた。隣の蓮は寝息を立てている。ベッドまで運べる腕力はない。起こすのははばかられるほど気持ちよさそうに眠っている。

蓮が手に握ったままのジッポを抜き取り、わたしは足音を忍ばせてベランダに出た。バージニアエスを咥えて、火をつける。静かに煙を吐いた。

何気なく隣のベランダを覗く。

「あっ」と声を上げたのは、隣のベランダに寄りかかっていた男の子だった。

なんと、気まずい。

「……こんばんは」大人の余裕の在庫を心の奥底から引っ張り出し、挨拶をした。「隣人の真中という者です」

自己紹介する必要性はなかったか、と悔やむ頃には相手が「畠山です」と名乗り返してきていた。

「真中さん。さっきはどうも」

「ああ、うん」

かさねちゃんの彼氏らしき畠山は、無表情でわたしを見返している。この対面に動じていない様子だ。わたしが慌てすぎなんだろうか。とっとと引っ込むべきか、雑談をするべきかわからず煙草を吸う。蓮が寝ていることが恨めしくなる。

うだうだ考えていると畠山のほうが話しかけてきた。

「蓮さんは？」

「寝てる」わたしは部屋を指して答え、「かさねちゃんは？」とボールを投げ返す。

「寝てます」

畠山が笑みを浮かべて言った。

「君は寝ないの？」

「僕は……そろそろ寝ます。ただ、今夜いろんなことがあって……」

いろんなってどんな？　と訊くのをためらってしまうわたしは「ふうん」と気のない首肯をしてしまう。

「花紗音が言ってました。蓮さんと真中さんはお似合いで、憧れるって」

いきなり褒められてわたしは「あ、ありがとう。別に似合ってないけど」としどろもどろになり、煙草を咥えた。

「畠山くんとかさねちゃんはどれぐらい付き合ってるの？」

ボールを投げ返してみる。畠山は頭を掻いて、微笑む。

「僕たちは……始まったばかりです」

「始まったばかり」

「真中さんたちは？」

「わたしたちは」

窓からリビングを覗く。寝そべる蓮は寝息を進化させて、グーグーいびきをかいていた。かわいいな、と思う。隣でわたしも眠ってしまえば明日になる。「明日」は日付が変わるかどうかじゃない。蓮に「おはよう」が言えた時、明日になる。「おはよう」を返してもらえたら幸せな朝になる。

「これから始まるみたい」

わたしはつぶやくように答えている。

畠山瑛隼　03：13

真中さんの答えが聞き取れず、僕は耳を突き出す格好になる。真中さんは僕を見返して、「一年半くらい」と答えた。最初の答えと違った気がしたけど「そうなんですか」と頷く。

「僕、初めての彼女で」

余計なことを口走ってしまい、言葉を切る。思わぬ会話にずっと緊張している。沈黙を生むと申し訳ない気がして僕はさっきから変な汗をかいていた。真中さんのほうはクールに煙草をふかしていて、大人っぽい余裕が醸し出されている。

「初めての？　じゃあ楽しいね」

返事に困りながら僕は部屋のほうに目を向けた。ベッドの上に動きがあった。

「あ、起きたみたいです」

「そっか。じゃあ彼女の相手してあげて。おやすみ」

煙草を持った手を振り、仕切りの壁の向こうに真中さんは引っ込んでいった。

部屋に戻ると花紗音がベッドから下りていた。

「美夜子さん？」

「一服してたみたい。鉢合わせしちゃって」

「さっそく浮気か〜？」

「ち、違うから」

完全な冗談だったらしく、花紗音は声を上げて笑った。僕は顔を熱くしながら窓際に置いておいた原稿を拾った。

「そういえば取材が途中だったんじゃない」

悪戯っぽい声で言われる。和寿のイヤホンを見つけてからの自分の言動を思い出し、僕は顔が熱くなる。

「え、さっきのは、和寿の影が、その……」

「妬いちゃったんだね」

断言されて、返す言葉がなくなる。

「私、浮気したことになるのかな」

虚を突かれて「え?」と声を出していた。

「だって、和寿と別れ話は済んでないしさ」

考えてもいなかったけど、そうか。僕は友達の彼女の浮気相手になっているのか。いや、でも僕は本気だし、花紗音も同じ気持ちのはずだ。はず、だよな?

「和寿とは別れるんだろ。だったら問題ないって。あいつが先に浮気したんだから」

「……畠山くんがそんなこと言うなんて」

「わ、悪い? 小説家だからって色眼鏡で見ないでくれよ。僕はつまらない、ふつうの奴なんだから」

「だったら私だって、誕生日に浮気しちゃう残念な、ふつうの大学生だし」

出会った頃と逆のことを言い合う。

――ふつうじゃない者同士、仲良くしようぜっ。

僕たちは「ふつうになりたい」と「ふつうになりたくない」というアンビバレントな気持ちを抱いていた者同士だった。互いに互いが、自分に似ていてほしかった。

「私、ふつうなのに、ふつうにできないことが多いから、怖いんだ」

弱音だよ、と茶化すように言う。僕は茶化さない。自分が選んだわけじゃない自分を背負って、皆多かれ少なかれ悩んでいる。花紗音は人より悩みが重くて、僕はそんな彼女の側に今、いる。

「できないことは僕もたくさんあるよ。実は泳げないし、虫に触れない」

「私、それはできるかも」

「だから補い合えばいいんじゃないかな」

僕は花紗音の手を取って、再びベッドに腰かけた。陳腐な言葉だけど、世界で起きているのは僕たちだけと思えるほど、静かな真夜中だった。シーツの上でしばらく手をつなぎあう。セックスをした後なのに、初めて手をつないだような、こそばゆさがあった。

春日井充朗　03：25

集中治療室のガラス越しに、呼吸器その他、機材をつなげられた父が眠っていた。

バイクで駆けつけたおれは、鴨居の身内です、と告げると警察官と看護師に案内された。

「一命は取り留めました」

楽しみにしていた映画のオチを聞かされてしまったような、拍子抜けの気持ちだった。死なななかったのかよ、と。やくざ同士の抗争があり、銃で撃たれたらしい、とざっくりした説明を受けた。正直どうでもよかった。

ガラス越しに父をぼーっと眺めていると、アームリーダーで腕を吊った男が現れた。おれと同じぐらいの背の高さで、おれよりずっと引き締まった体をしている。どこか危険な香りがするので一瞬、父の仲間のやくざかと身構えた。

「鴨居さんの身内の方ですか?」

「ええ、まあ」

「麻薬取締官の志田といいます」

男は丁寧に頭を下げた。

「父は、たいそうご迷惑をかけたんでしょうね」

おれが言うと、志田は複雑な表情をした。激しい感情を押し殺すような、表情だ。なぜなのかおれにはわからなかった。

「これを、お渡ししてよろしいでしょうか」

そう言って志田が差し出したのは、ネックレスだった。貝殻の付いたネックレスだ。

「鴨居さんが大事に身に着けていたもので」

志田の言葉が途切れた。おれの目から涙が溢れ出したからだろう。

九歳の頃。あの日、父のバイクで向かった海。二人で砂浜に足跡を残し、貝殻を拾った。

――お父さん！

一番大きくてきれいな貝殻を、おれは父にプレゼントした。

――充朗。おまえはいい子だな。俺に似ないで、いい子だ。

父が笑って、頭を撫でた。

ネックレスを受け取ったその手で集中治療室のガラスに触れた。知らず知らず、拳を握る。貝殻が掌に食い込む。

おれは志田に向かって質問をした。今夜たまたま出会って、二度と会うことのないであろう少女が自分にしてきた質問。

「父はどんな人だったんですかね？」

志田は数秒の沈黙の後、答えた。

「やくざとしての彼の行いを許すことはできませんが、俺は今夜命を救われました」志田は父に一瞥を向けた。「感謝しています」

　おれに一礼してから志田は去っていく。おれは息を深く吸い、吐いた。

　父への拒絶が今のおれを作っている。憎しみも憐れみも、いくらでもぶつけることができる。だから、ぶつけさせてほしかった。憎しみに満ちたおれの声を聞く義務があるのだから、死なないでほしかった。

志田正好　04：15

　夜明け前に夢を見た。またも「運動会」の夢。

　——正好、最高な走りだったぞ！

　叫んで当時中学二年生だった俺の肩を抱いたのは、三年生のアンカー、新村祥吾だった。

　物心がつく前から、俺には親がいなかった。捨てられたのだ。自分を産んだのがどこのだれなのか、未だに知らない。いらない子どもだったのだろう。捨てられたものは仕方ない。最初から捨てられていたのだから、恨んでも意味がない。ただ、帰る場所のない虚しさだけがあった。ここにいる自分は、どこにもいない。児童養護施設で育っていた俺が里子に出されたのは、小学校二年生の頃だ。

里親の新村という夫婦は、子ども心に穏やかでいい人と感じた。が、帰る場所ができると期待はしていなかった。だが驚いたことがあった。里親には実子がいたことだ。里親とは子どもがいない者が行うのだと、勝手に思っていた。

一つ年上の、新村家の実子が新村祥吾だ。

――おまえ、俺の弟な。

それが初めてかけられた言葉だったのかは定かではない。ただ、とても鮮烈で、忘れられない言葉だった。記憶の中で幼い祥吾は、白い歯を見せて、ニカッと笑うのだ。

――正好、勝負しようぜ。

祥吾はよくそう言った。テレビゲームや、学校のテストや、相撲や鉄棒。いろんなことを俺と競いたがった。勝負は常に互角だった。それが祥吾は楽しかったらしい。楽しい、という気持ちに関しても互角だった。俺は、祥吾と一緒にいるとよく笑った。

一番白熱したのは、足の速さだ。

俺も祥吾もそれぞれ、学年で一、二を争う俊足だった。

「弟のくせにすげぇな。むかつくわ～」

白いグラウンドで勝負をした後、祥吾は言った。たぶん、俺が勝った日だ。

――祥吾には負けない。

心地いいライバル関係で、兄弟のようで、つまりは親友だった。新村の両親も俺と祥吾を分け隔てなく育ててくれた。

中学に上がって、先輩後輩の上下関係が生まれても、俺たちの関係性は変わらなかった。祥吾は友達が多く、女にモテていた。その点に関しては、俺は負けていた。

あの運動会の日、三学年混合のリレーで俺たちはチームメイトになり、俺がアンカーの祥吾にバトンを渡した。優勝して、祝った。

——俺たちは無敵だな。

家路で、ぽつりと祥吾が言った。細長い影がアスファルトに伸びていた。

——互いに切磋琢磨すればさ。

切磋琢磨は、祥吾が覚えたばかりの四字熟語だと知っていた。予感はなかった。変わるものはあるが、俺と祥吾の関係性は不変だろう、と信じていた。

落ちるのはあっという間だ。

高校でガラの悪い仲間とつるむようになった祥吾は、やがて家に居つかなくなった。たまに家にいれば、親と激しい口論を演じた。

俺は別の進学校に進んでいた。

——おまえは頭良くていいな。

学力に関しては、俺と祥吾では大きな開きが生まれていた。

——正好が実の子だったほうが、あいつらも喜んだだろうに。

両親をあいつらと形容する、金色の髪の男を、俺は軽蔑するようになっていた。

養育里親制度は十八歳までだ。俺はバイトで金を貯めつつ、就職先を探した。大学進学も勧められたが固辞した。仕事に打ち込んだのは、新村家と関わる時間を減らしたい意図もあったのだ。

帰る場所ではなくなっていたからだ。かりそめの家は、賞味期限が過ぎたのだ。兄弟ごっこも終わり。親友と呼べる人間は他にできた。

無事就職し、会社勤めをした。祥吾が事件を起こし、死んだのは俺が二十歳の頃だった。

新村の両親から連絡を受けたのは、全てが終わってからだった。なぜ知らせてくれなかった、などと言える立場ではなかった。遠ざかったのは俺のほうなのだ。

わかっていた。だが。

「いくらなんでも、こんな」

真新しい祥吾の位牌を目の前にして、俺はつぶやいた。あれからの祥吾を何も知らなかった。知ろうともせずにいた。生活をドロップアウトして、やくざに関わった。ドラッグに溺れ通行人をひき殺した。罪を償うどころか、認識もできずに自らも死んだ。

薬中が起こした惨劇。自分勝手な事件を引き起こし、償いもせず死に逃げた犯人。

新聞で、インターネットで、祥吾を守る言葉は一つもない。当然だった。加害者になってしまえばそうなってしまう。同情できる動機があるならまだましだ。だが、祥吾にはなかった。被害者は子どもたちに柔道を教え、人格者と評判の男性だった。祥吾の両親はいい人だった。ただ月並みな挫折をしただけ。勝手に薬に溺れて、勝手に罪なき人を巻き込んだ。

人殺しの人生はだれも見向きもしない。足が速かったことも、友達に慕われていたことも、笑顔が眩しかったことも、だれより俺を助けてくれたことも、薬中の人殺しになってしまったら、関係なくなる。祥吾をそんな「卑劣な犯人」に、俺がしてしまったんじゃないか。関わりを絶ったから。

祥吾の死があって、俺は仕事を辞めた。大学に入り直し、麻薬取締官を目指した。危険ドラッグ、麻薬、覚せい剤。違法薬物を売りさばく組織という組織を全てぶち壊すために。

祥吾が落ちるのを止められなかった俺は、第二、第三の祥吾を守ることしかできない。その使命のためなら、何を失ってもよかった。

暗い病室でスマートフォンが光っていた。見知った男から、メッセージを受信している。『明日の朝九時、西棟のロビーで』と書いてあった。

春日井充朗　08：00

病院から会社に電話すると、出たのは石渡さんだった。

「あれ。早いですね、石渡さん」

『なんだか目が冴えちゃってね』

石渡さんが夜明けの月のような弱々しさで笑う。

『で、どうしたの』

「今日なんですけど、半休取ります。……家族がケガをして、入院してまして」

『そうなんだ』石渡さんの声に芯が通った。ふだんの頼りになる会社の上司のスイッチがぱちっと入ったように。『そういうことなら半休じゃなくて、一日休んでもいいよ。有給申請は後で書けばいいから。仕事は心配しないで――』

ありがとうございます、と告げておれは電話を切った。

父の病室に戻る。父はまだ眠っていた。病室の前には警察官が立っている。起きたら父は逮捕される。

ベッドの横におれは座り、口を開く。

「よく知らないけど、あんたの組は終わりだって。家族、いなくなっちゃうね」

窓から差し込む朝の光が、父の頬を照らす。寝顔は呆れるほどに安らかだった。

「お母さん、もうすぐ来るってさ。おれと違って、血もつながってないのに。まぁ、血のつながりなんて関係ないか」

会いたいかどうか。声を聞きたいか、聞かせたいか。そういう欲求が家族をつなげる。そういう欲求がなければ、この世のだれも家族なんて形に囚われる必要はないはずだ。

声を聞いたら終わりにしような。おれは声に出さず、父に言う。

おれは八方美人で態度の大きなただのサラリーマンに戻る。おれの日常に。

父へぶつける罵声（ばせい）を考える。いつのまにか目を閉じたおれは、しばらく父の隣でうたた寝をした。潮騒（しおさい）に似た音が聞こえた気がした。

志田正好　08:55

病院西棟のベンチに座っていると、白衣の男が隣に座った。

「何をしにきた？　脅迫屋」

男は脅迫屋という非合法な仕事を行う人間だった。名前は千川（せんかわ）。俺とは数年前からの付き合いだった。潜入捜査をする際に、潜入先の暴力団に俺の偽情報を吹き込み、信じ込ませる協力者だ。前科を捏造（ねつぞう）するのには偽の資料だけでは足りないためだ。裏社会に顔の広い千川を見逃す代わりに俺は利用している。

千川が長めの襟足を指で弾いた。

「お見舞いに来たんだよ、志田さん」

「見舞いに来る人間は医者に化けたりしない」

千川はあくびをする。

「面会時間十二時なんて待ってられないから。あ、これ」

千川は懐からバナナを取り出した。俺は瞠目する。

「なんでバナナだ」

「見舞いの品。俺じゃなくて不破さんから」

俺は鋭く千川を見た。

「不破鉄男は元気にしてるか」

千川が微笑する。

「死人にしては」

不破は密かに生きている。俺は名取会に取り入るため、不破組長を暗殺した、ように見せかけたのだ。その一芝居の際に千川の力を借りた。

「俺からの見舞いはこれ」

封筒を手渡してくる。中身はメモリーカードだ。

「俺が知ってる限りのレッドキャップ構成員の資料。薬に手を出してる者もいるから、ちょいとあいつらの戦力を削っていただきたいんだ、麻薬Gメンに」

「おまえも追っているのか」

「ちょっとね」

「あいつらは只者（ただもの）じゃない。今回、俺は素性が奴らにばれていた。どこから漏れたのか気になっている。茶木が麻取の摘発日前日に事を起こしたのも、偶然ではないだろう」

茶木は名取会の壊滅が近いという情報も入手していた。麻薬取締部の上層部、厚生労働省。あるいは警察組織にスパイがいるのかもしれない。

「こわいね」と千川が軽く言う。

「横取りされた覚せい剤は東神田のビルで押収できたが、量が足りない。レッドキャップの仲間について茶木たちが口を割ればいいが」

「茶木たちは警察で取り調べ中だよね。情報が入ったら教えるよ」

警察の情報入手なら朝飯前、といわんばかりの口調だった。深く追及はしない。

「志田さん、頼んどいてなんだけど、無茶はしないことだ。逮捕されたキリシマは素性も摑めない暗殺者。元自衛官から不良フリーターまで抱えて、あいつらは底知れない」

「別に失うものはない」

「あら羨ましい」

俺は千川を見やった。初めて会った数年前より、どこか雰囲気が柔らかくなっている。また、関係あるのか知らないが、最近はトレードマークだった妙なシャツを着ていない。

「おまえは、変わったのか」

無意識に問いかけていた。千川は微笑し白衣を翻すと、瞬く間に姿を消した。

ベンチに一人残った俺は、バナナと封筒を手に立ち上がった。新村の両親に、久しぶりに連絡を取りたかった。志田正好として、無性に話がしたかった。だが俺は電話をしない。

俺は変わらない。胸の内に一つの誓いをくり返し、病室に戻る。

畠山瑛隼　09:22

ベッドで目覚める。時間を見ると九時半になろうとしていた。閉めなかったカーテンからの光が眩しい。隣で花紗音はまだ寝息を立てている。

あのまま二人とも静かに眠った、ならばきれいな小説なのだけど、どちらからともなく服を再び脱がし合っていた。意思が通じ合ってしまったんだから仕方ない。

僕は脱ぎ捨てたズボンを拾う。折よくポケットで僕のスマートフォンが震えていた。出してみると、和寿からの電話だった。

僕の中のよこしまさが顔を出した。服を着て、花紗音を起こさないように部屋を出る。

廊下で折り返すと、和寿はすぐに出た。

『もしもし、今平気？』

「うん、全然平気」

背徳感で笑ってしまいそうになる。まさか自分の彼女の部屋の前にいるとは思っていないだろう。

『しんどいことあってさ、聞いてくれよ〜』

なんだか知らないけど、憔悴した声だ。

「オッケー。なんでも聞くよ」

『殺されかけたんだ』

「は？」

『ゆうべやくざの抗争が、うちのアパートで起きて』

「ええっ？　ニュースになってたやつ？」

肌が粟立つ。深夜のニュース映像が蘇る。まさか本当に和寿の身に降りかかっているなんて思いもせず、僕と花紗音はのほほんと話題にしていた。

聞けば乱闘や銃の撃ち合いが和寿の目の前で起きたらしく、やくざの一人に話しかけられたそうだ。口ぶりからして冗談ではなさそうだ。

にわかに信じられなかった。そんな危ない話が日常の隣り合わせにあるなんて。

「大丈夫？　和寿」

よこしまさは消え失せ、ただただ友達が心配になる。

『ガチこわだった』

あはは、と力なく笑う。

『でさ、あまりにショックで、俺、無性に花紗音に会いたくなっちゃって』

「……は？」

嫌な予感が変化球で去来する。

『実は昨日、あいつに別れ話切り出されたんだよ。俺、別れるのを渋ったまま帰ってさ』

はい、聞いていました。と内心で頷く。

『ずるいよなぁ俺。わかってるけど、死にそうな思いをした後、無性にあいつに会いたくなったんだ。再確認した。俺には花紗音しかいないって』

何を都合のいいことを、と僕が言う前に和寿は続ける。

『キモいことに、今会いに行ってる。なんか電話の電源切れててさぁ。家にいるかわかんないけど』

「……ちょ、ちょっと待って。なんて？　会いに？」

『花紗音の家に』

「なっ……」

跳ね上がった僕の横で、隣の部屋のドアが開く。中から真中さんが出てきた。俺を見て微笑で会釈し、急ぎ足で階段を下りていく。

タッタッタ、という足音が遠ざかり、電話口から同じ音が聞こえてきた。ゾッとした。

『なんか今、かわいい人が横を走ってった。でも俺は花紗音が――』

「待って、和寿待って」

どうする。僕は一瞬思考回路が化石化した。そうだ、花紗音の部屋に逃げ込むしかない。けど、遅かった。踏み出したところで、階段の下に現れた和寿と目が合った。

「………」

「………」

互いにスマホを耳に当てて、硬直し合う。

僕の後方でドアが開いた。花紗音が出てくる。

「畠山くん？　起きたらいなくなってるからびっくり……」

廊下に出て、階段に目をやる。すぐには見えない様子だった。

「なんでだよ？」

声で和寿とわかった花紗音は、ひゃっ、と悲鳴を上げた。初めて聞く彼女の悲鳴だったけど、そこに感慨はない。階段の下で和寿は愕然と僕たちを見上げている。

事実は小説より奇なり。

この場の収拾には全く役立たない陳腐な言葉がまた、小説家の頭に浮かんで消える。

鴻上優紀　09：47

過ごしやすい秋の陽気だった。高田馬場には昨日の事件などなかったかのように平和な景色が広がる。

ベーカリー一番星は、小さなテナントだったが、店内は温かみのある色合いに包まれていた。何よりパンの香りがたまらない。動かすと悲鳴を上げる肋骨を堪え、小麦の香りを鼻腔に招いた。

食欲は生きている証拠だ。私はゆうべ死にかけた。実感がまだ追いついていないが、ライターがなければ助からなかったのだ。

美夜子の思い出に救われた。

甘い感傷だ。だが、美夜子に恥ずかしくない仕事をすることは、私の使命なのだ。今でも、これからも。ゆうべのような修羅場はそうそうなくとも、危険は常に付きまとう。それでも今の仕事に私は胸を張れている。

一つ息を吐き、パンを物色する。朝食時と昼時の間だが、客はひっきりなしに出入りしている様子だ。私は飯島が勧めていたカレーパンの他、総菜パンと甘いパンを選んでトレーに載せる。

ちょうど店長の名札をつけた男性が焼きたてのパンを補充した。肉じゃがパンという名前だった。美味しそうだ、と見ていると店長が「最近出た新商品です」と言った。

「美味しそうですね」

焼きたての一つを取ると、自信作です、と店長が嬉しそうに笑う。穏やかそうな男性だった。レンさーん、と呼ばれて店長は焼き場に戻っていく。名札には「浜谷」とあったので、浜谷レンという名前なのだろう。

パンを買い店を出た。駅に向かおうとするとスマホが鳴った。

「はい」

『飯島です！　主任、何してるんですか？　あばらやられてる人が病院抜け出してどこにいるんです？』

騒がしい声に思わず頰が緩む。飯島は無事に、生きている。私も。

「元気な声ね。一晩で完治したんじゃないでしょうね」

『主任は自分をなんだと思っているんです』

「大切な部下」

口にすると、折れた肋骨の辺りが痛んだ。

『え？』

飯島の驚く顔が目に浮かんだ。

柄にもないことを言葉を、言えてよかったと素直に思う。余計なこと、くだらないこと、胸にしまうべきこと。そう決めつけて口にしてこなかったことを、もっと飯島に伝えてもいいのかもしれない。

「今から病院に戻る。ベーカリー一番星のパンを買ったから。喉は通るわよね」

『えぇっ』

「見舞い。一緒に食べましょう」

『あっ、ありがとうございます。えっわざわざ買いに行ったんですか』

「良さそうなお店で……」

と言いながら何気なく一番星のほうを振り返る。建物の裏手から出てきた女性が見えた。赤い髪が目に入った。その後ろ姿を、ハッとして追う。

『主任？』

後ろ姿は雑踏に紛れてすぐ見えなくなった。

「……味も良ければ完璧ね」

私は言った。パンの袋を抱えて、再び駅のほうへと歩き出す。『味は自分が保証しますから』とバカ真面目な声で訴える部下の声を、耳に入れながら。

真中美夜子　09：50

朝五時出勤の蓮は寝坊して慌てて出ていった。目覚まし時計をかけ忘れたわたしも同罪だったので、一緒に飛び起きて準備を手伝った。

慌てたせいでまんまと蓮はパスケースを忘れていった。遅刻の時間だったからやむなく切符を買ったらしい。わたしはそれを届けにベーカリー一番星に行った。

仕事中の蓮はやっぱり生き生きしていてかっこよかった。目の保養かもな、と密かにのろける。

パンの香りと蓮の笑顔に満足して、通用口から店を出る。

今日は仕事も休みだ。このまま帰るのは惜しいので、蓮の仕事終わりを待つことにした。空はノーベル平和賞をあげたくなるほどの秋晴れだ。

神田川が近い煙草の吸える喫茶店に入る。コーヒーを注文し、バージニアエスを咥えて、ジッポで火をつける。深々と吸って、吐く。今持っている分の煙草が尽きたら、本格的に禁煙しようと誓う。

鞄から折りたたんだ紙を取り出し、丁寧に開いた。婚姻届だ。

——ユウの力になれてる？　わたし。

ユウにしたのと同じ問いかけを、蓮にしたことは、不思議となかった。蓮とは力を合わせて生きていける。自然とそう信じられていたからかもしれない。

まだユウと出会って間もない頃、わたしはユウに食ってかかった。イチゴイチエについて話したら、「馴れ合って、他人に迷惑をかけているだけじゃ何も解決しない」と説教されたからだ。腐ったような生き方だ、と。

——腐ってるじゃん世の中。なのに人には腐るなって言うわけ？　ふつうの幸せを摑める人ばかりじゃないのに、わたしたちのことなんかだれも守ってくれないんだよ！

わたしたちが好きで道を外れているわけじゃないのに。怒りをぶちまけたわたしに、ユウは言った。

——私に守らせてほしい。

なぜ懇願する口調なのかわからず呆然としてしまった。

——あなたがふつうの幸せを摑めるように、必ず守るから。

ユウはいつも市民のために戦う人だった。危険と隣り合わせな仕事をして、だれかのささやかな幸せを守ろうとする。だれかの中にはわたしも含まれている。ならわたしは蓮とのささやかな幸せってやつを貫く使命があるんじゃないだろうか。

それに、わたしと蓮の幸せな暮らしは、これから始まるんだから。

婚姻届は「妻になる人」の欄が空白だった。夫になる人の空白は埋まっている。隣り合うこの小さな空白を埋めれば、わたしは何者かになれる。

「よし」

煙草を灰皿に置いた。直前に見上げた空の色に似た気持ちで、ボールペンと印鑑を取り出した。蓮と一緒に新しい物語を、始めよう。

本書は書き下ろしです。

〈著者紹介〉

藤石波矢（ふじいし・なみや）

1988年栃木県生まれ。『初恋は坂道の先へ』で第1回ダ・ヴィンチ「本の物語」大賞を受賞しデビュー。「今からあなたを脅迫します」シリーズが連続テレビドラマ化され人気を博す。軽妙なセリフ廻しと卓抜した物語構成が持ち味。エンターテインメント小説の未来を担う注目の新星。

神様のスイッチ

2019年1月21日　第1刷発行　　定価はカバーに表示してあります

著者……………………藤石波矢

発行者……………………渡瀬昌彦

発行所……………………株式会社 講談社
〒112-8001 東京都文京区音羽2-12-21
編集03-5395-3506
販売03-5395-5817
業務03-5395-3615

本文データ制作…………講談社デジタル製作

印刷……………………豊国印刷株式会社

製本……………………株式会社国宝社

カバー印刷………………株式会社新藤慶昌堂

装丁フォーマット………ムシカゴグラフィクス

本文フォーマット………next door design

ISBN978-4-06-514308-7　N.D.C.913　316p　15cm

脅迫屋シリーズ

藤石波矢

今からあなたを脅迫します

イラスト
スカイエマ

「今から君を脅迫する」。きっかけは一本の動画。「脅迫屋」と名乗るふざけた覆面男は、元カレを人質に取った、命が惜しければ身代金を払えという。ちょっと待って、私、恋人なんていたことないんですけど……!?　誘拐事件から繋がる振り込め詐欺騒動に巻き込まれた私は、気づけばテロ事件の渦中へと追い込まれ——。人違いからはじまる、陽気で愉快な脅迫だらけの日々の幕が開く。

脅迫屋シリーズ

藤石波矢

今からあなたを脅迫します

透明な殺人者

イラスト

スカイエマ

「三分間だけ、付き合って？」。目の前に置かれたのは、砂時計。怪しいナンパ師・スナオと私は、公園の植え込みから生えた自転車の謎を追ううちに、闇金業者と対決することに。ところが、悪党は不可解な事故死を遂げ、その現場で目撃された謎の男は――って、これ、脅迫屋の千川（せんかわ）さんだ！　殺しはしないはずの悪人・脅迫屋の凶行を止めようとする私の前で、彼はさらなる殺人を⁉

《最新刊》

世界で一番かわいそうな私たち

第一幕

綾崎 隼

傷を抱えた子どもたちが暮らす、みんなの学校〈静鈴荘〉。新米教師の佐伯道成は、生徒が不登校になってしまった原因を探ろうと奔走するが。

虚構推理

城平 京

虚構の真実を求め、すべてはここから始まった。シリーズ200万部！
本格ミステリ大賞受賞のミステリ×怪異譚、待望のアニメ化決定！

魍魎桜

よろず建物因縁帳

内藤 了

ゾンビ化した人柱が発掘され、近辺では老婆の怨霊が住民を憑き殺す事件が多発。曳き屋・仙龍の提案した解決方法は予想もしないもので。

神様のスイッチ

藤石波矢

この街に降り積もる小さな偶然を、僕たちは奇跡と呼ぶんだ――。
『今からあなたを脅迫します』の新鋭が描く、たった一夜の奇跡の物語！